涼宮春日的驚愕（後集）

谷川流

新品種的外星人、
未來人、超能力者，
到底想怎樣啊？

『MIKURU
資料夾曝光！』

看來這個叫泰水的
在電腦方面
確實有一套。

春日！

涼宮春日的驚愕（後集）
谷川流&いとうのいぢ
開麥拉！
咚！

涼宮春日的驚愕

（後集）

谷川流

涼宮春日的驚愕（後集）

CONTENTS

封面、內文插畫／いとうのいぢ

第七章

α—10

翌日，星期四。

慢得像蝸牛在爬的乏味上課時間，從早上一直持續到下午。直到班會結束的訊息送來，我和春日才終於從五班教室解放。

因為是春日和我一起直接奔出教室，看來我的個人特別補習講座似乎只到昨天為止，總算不必再受掃除值日生觀賞自家異象似的視線洗禮。先說啊，我幾乎是被團長大人強拉著手擄走的，只有這點請別誤會。至於春日講師的課後補習告終，我自然是額手稱慶。

和春日並肩前往文藝社教室的路途一如往常，校園內的春天氣息也全無改變。一旦來到四月半，我們全會被春神之手熨得服服貼貼。真不愧是四季，年年規律地不請自來，在悠久歲月中操控世上萬物，絕非空負盛名。

然而，我們還是違逆不了無常的日月之流。就連從去年春天便蠻幹至今的ＳＯＳ

團，也被不可忽視的變化叩開了門。

能讓法院阿沙力地將這現象存為物證的角色，正等著我們出現。

才和春日轉動門把，那人就跳下鋼管椅，站直大喊：

「學姊、學長，我等你們好久了！」

以雛燕迎接歸巢母鳥般高音階說話的少女，就是唯一闖過所有春日開出的無理艱難入團考的活潑新生。微笑標誌髮夾在她看似燙失敗、自由蔓生的頭髮上輕輕晃動，等待我們的眼神燦爛得好比聖誕節的霓虹燈飾。

「從今天起，我就是ＳＯＳ團的一員了，請多指教！」

深深一鞠躬。

渡橋泰水。語調雖略為稚嫩，卻擁有在合唱團更有前途的音量，表情亦如破曉時分的金星般耀眼。至少能肯定的是，她體內蘊藏能跑遍天涯海角的春日級精力。

「這個嘛……該怎麼說呢，妳就盡量玩得開心點吧。」

泰水對我的無力回應一點兒也不介意，額首向上一跳：

「是！我已經努力去做了！很盡量很盡量的在做！」

她直率的視線中似乎含有某種荷電粒子砲般的能量，再繼續看著那充滿生命力的笑容，恐怕會讓我兩眼的水晶體超載爆掉。於是我盡量自然地別開眼睛，在社團教室內

尋求協助。

老面孔已齊聚一堂。為水壺點火燒水的朝比奈學姊早已換上女侍裝，古泉在長桌上擺了不同於圍棋或將旗的棋盤並撥弄著圓形棋子，長門則是在老位子盯著手上的精裝書，一副泰山崩於前也不改其色的樣子。

春日頂著一臉莫名的滿足，在團長席重重坐下。

「那麼──」

她就像在卡諾莎城會見神聖羅馬帝國皇帝亨利四世的教宗額我略七世（註：1077年，亨利四世為懇求教宗歸還其教籍，在義大利卡諾莎城前的雪地裡赤腳站了三天，史稱卡諾莎之行），以充滿威嚴的滿意笑容和口吻說：

「雖然大家應該都知道了，我還是重新介紹一次。這個女生就是在我嚴格且公平的精選下脫穎而出的新團員渡橋泰水，大家要毫不保留地將我們ＳＯＳ團這一年來得到的教訓和成果，時而嚴厲，時而像給孩子棉花糖般懷柔地灌輸給她。為了讓她成為新一代ＳＯＳ團的中流砥柱，一定要啪啪啪鞭策她喔！」

「要……啪啪啪的嗎～？」

朝比奈學姊往泰水看了一眼，接著望向她的管區──泡茶用具的所在，表情就像苦思著該如何傳授粗魯武將茶道精髓的千宗易（註：即千利休，日本戰國時代的茶道宗師，享茶聖美名）。我們又不是茶道社，泡番茶煎茶的步驟技巧應該沒那麼必要。不過一想到春日隨便泡的爛茶和學姊巧手下的甘露根本沒得比，我還是希望學姊能將朝比奈流茶道精華傾囊相授，成為代代相傳的絕活。

乾脆順便教教春日吧，那傢伙泡的茶都只是有點顏色的開水，完全嚐不出茶香。

「沒問題！我要泡，請讓我泡！朝比奈學姊，請將茶水專員的精髓傳授給不才小女子渡橋泰水吧，拜託拜託！」

看來泰水已當場拜學姊為師，一舉侵入茶香領域。學姊臉上雖閃過一抹疑惑，卻也似乎感受到泰水的決心不假——

「呃，這個是涼宮同學的茶杯，這是阿虛的。啊，每個人喜歡的茶溫都不一樣，要多注意喔。這個櫃子裡的是茶葉，要視當天氣溫和溼度來挑選。這種茶是我正在研究的——」

泰水嗯嗯嗯地頻頻點頭，目光晶亮得直逼望遠鏡鏡片，一秒也不放過朝比奈學姊每個舉手投足。

「我也想穿穿看那種女侍裝！啊，護士服也要！請務必讓我穿穿看，拜託拜託拜託！」

我不禁聯想到某十萬馬力機器人。她的動力源到底是什麼，核融合還是太陽能？

這個學妹該不會能夠進行光合作用吧？再說，教新人的第一件事就是泡茶，是把她當哪個公司的小職員？

不過說了也沒用，事實上我們ＳＯＳ團幾乎沒什麼好教人的。

我將書包擺在地上，面對古泉坐下。

「來一盤怎麼樣啊？」

古泉將興致盎然跟著泰水跑的視線轉過來，將棋盤朝我推來。

「這是什麼？」

網格特殊的棋盤上擺了幾顆圓形石子，上頭刻有「帥」、「象」、「炮」等漢字，各個都不知該如何下子，充滿了中國神秘色彩。被我狂電黑白棋、圍棋、陸軍棋的臭古泉，你終於找來有勝算的搏奕遊戲了嗎？

「這是象棋，也就是中國的將棋。只要記住規則，任誰都能輕鬆上手喔。規則一點也不難，玩起來也比大將棋更省時呢。」

記規則就是問題所在啊，那不就代表在那之前就要先嘗嘗被你電得體無完膚的苦楚嗎？改玩花牌怎麼樣？不管是八九或來來（註：八九用牌與花牌不同，玩法類似撲克牌的黑傑克。來來為傳統花牌兩人對戰玩法），我在老媽鄉下那邊也小有名氣喔。

「花牌還真是盲點呢，下次有機會我再帶來。說到這個象棋啊，只要知道它和西洋棋、圍棋或將棋一樣，都是零和遊戲的一種就夠了。相信你一定能很快就能上手，如果具有能從圍棋對局途中一眼看出勝負的實力就更沒問題了。這也是不太需要運氣的遊戲，應該很適合你。」

古泉從容一笑，輕鬆地說明起來：

「那麼第一場就當作練習，不記輸贏好了。首先是這個『兵』的走法──」

這傢伙真的對泰水完全沒多想啊？她可是不太吃力地突破了春日自詡超難過關的入團考試的才女耶。要是有個世代交接，搞不好就是繼任團長。就算春日的眼睛真的跟木板節孔差不多，啥也看不出來，那古泉你又是怎樣？臉上那兩粒該不會是天青石做的吧？

擺棋的古泉歪嘴一笑。唉，有夠噁心，他笑起來就像被幕後首領頤指氣使的中堅常備幹部，帶著若有似無的閒適。

他佯裝為我擺棋，湊過頭來低語：

「我一點也不擔心呢，反而還有滿滿的安全感。之後就算發生什麼，對我們來說也一定不是壞事。你何不也用這種態度放鬆一下？」

心中沒有確信的事物，該不會就是形成我這身反骨的原因吧？到現在有哪個新人物登場後，直接拍拍屁股下台一鞠躬的嗎？再說現在還跳出了佐佐木、橘京子、九曜和匿名未來人等難以忽視的超常部隊。他們好像一點動靜也沒有，但就是這點奇怪，既然什麼都不做又何必露面呢？打聲招呼就不見人影，伏筆也埋得太長了點。

假如真有推理小說有這樣的伏筆，不用等我看完，光是偵探開始推理，我就會把書砸到牆上。

「你真是太急躁了，閱讀就是要用更愉悅的心情去享受才對。不管寫得有多糟，未來都會成為你的根基喔。不是有句格言說『負面教材就是好教材』嗎？」

沒聽過。

「這也難怪，因為那是我剛想到的格言嘛。可是我也不覺得我說的有錯喔。」

「……黑格爾真是偉大。」

聽到我的喃喃自語後，古泉臉上泛起了微笑。

「一點也沒錯。他可是在人類的社會生活中留下最有益建議的哲學家呢，任何人都能實踐他的理論。」

不過我還是不覺得黑格爾的辯證法和中式將棋的勝負有關就是了。

我在古泉的指導下掌握了象棋的擺法跟走法。雖與將棋有幾分雷同，細節卻大相逕庭。反正我也玩膩西洋棋和黑白棋了，熟悉一下新的桌上遊戲也無妨。

和古泉鑽研象棋之際，我也不時偷瞄其他團員的狀況。

長門還在看書，沉浸於閱讀中。可能是看破了就算有新團員加入也不會成為文藝社新戰力吧，早在一年前她對這社團教室的態度，就像冰島的永恆凍土不曾改變。她腿上的書本略為泛黃，說不定是從舊書店挖出來的寶貝，難道她的行動範圍已從市立圖書館向外擴張了嗎？一想到長門在冷清的舊書店書架間搖搖晃晃地找書的樣子，我的心神就似乎安定不少。

「各位久等了～！」

正當我和古泉開始緩慢地廝殺時，泰水用托盤端來茶杯，以短笛般的明亮音色闖入我視野一側。她背後的女侍版朝比奈學姊掩不住臉上忐忑，眼神左右游移。

「這是南非博士茶！零咖啡因、助消化、營養高，請各位嘗嘗！」

沒有多的女侍裝了嗎，泰水還是穿著鬆垮垮的制服，小心翼翼地將蒸煙繚繞的茶杯擺在我和古泉面前桌上。

眼前的是被春日龍飛鳳舞地寫上「阿虛」和「古泉」字樣的茶杯。即便它們是被特粗麥克筆做上記號的市販成品，一點兒古趣也沒有，但是對茶水沒多少心得的我而言根本無所謂。

我盡量不讓自己和泰水的閃閃發亮的雙眼相對，輕啜一口泛紅的液體，並在數秒後和相同舉動的古泉大眼瞪小眼。

「……這茶好特別啊。」

我的感想和微微苦笑的古泉完全相同。這茶絕算不上難喝，但也沒到令人驚豔的地步，反而有種不太合口味的特異風味。雖然我比較想肆無忌憚地大口猛灌煎茶或麥茶，但我還沒大膽到敢老實回報味蕾感受。

「這個嘛……該怎麼說呢……有種從來沒喝過的味道。呃，能確實感覺到對身體非常好，好像更健康了呢。」

泰水開心地「哇喔」一聲，輕巧地挪挪身子，到長門面前遞出她的專用杯。

「…………」

長門往寫上「有希」，春日擅自決定的專用杯冷冷一瞥。

「…………」

她像是見到泡水前的乾燥海帶芽般毫無反應，繼續讀她的書。

對此已司空見慣的我們自然是平淡無奇，而泰水觀望了一下長門的反應，也似乎不受打擊，小跳步回到朝比奈學姊身邊。

「等一下等一下。」

粗魯出聲的正是這空間絕對無上的終極支配者。

「我的茶呢？」

春日從螢幕旁探出一張臭臉。

「茶不是該從團長先奉起嗎，怎麼可以擺最後啊？實玖瑠，新人教育怎麼可以只做半套呢？」

「啊……對不起！」

泰水在慌得不知手該往哪兒擺的朝比奈學姊身邊吃吃竊笑。

「對不起，我一時忘記了，大概是太緊張了吧。現在就為妳奉上特製的茶，請稍等一下。」

春日的鱷魚眼仍無動於衷。泰水像個長翅膀的小妖精輕巧飛舞，快手快腳地在團長桌擺上熱呼呼的茶。按照慣例，春日將近乎開水的茶一口飲盡，睜大眼睛，像條狗呼呼伸舌吐氣了一會兒。

「要記清楚哦，像這種事就是很重要的規定。實玖瑠，妳身為教育專員，一定要對新人更嚴格一點才行。」

朝比奈學姊啥時成了泰水的教育專員啊？

「算了，茶就到此為止吧。」

春日轉得還真快，大概是不想多花時間品茗。

「妳是叫渡橋泰水沒錯吧，懂電腦嗎？」

「只有一點點，不過還算會用會用！」

「是嗎？那麼——」

團長桌的鎮桌之寶——電研社牌螢幕上，就是大家熟知的ＳＯＳ團網站。外觀還是和我完成當時一樣，只有粗製的版面、低劣的內容、還有點意義的字串跟郵件位址而已。在日新月異不斷進步的網路世界裡，這真是極為過時的網站，充滿「部落格？那是啥？」的數位落差感。

儘管春日打算近期更新的氣焰居高不下，不過那一直都是我的任務，而我又不是很有興趣，就找了一堆藉口拖到現在。實際上，讓ＳＯＳ團之名在網路上流轉根本不會讓任何人得到幸福，去年的電研社社長就是最佳例證。雖希望春日能淡忘，但她似乎仍未捨棄成為超人氣網站的野心。當然，春日還不知道長門在社團徽章上動了點小手腳，也完全沒發現。

「我是希望能讓網站更引人注目一點啦，有辦法嗎？」

春日指著開機已久的螢幕說：

「這是阿虛做的ＳＯＳ團官網，根本就是個無聊又毫無用處的網站，而且還醜到極點。世界上明明有那麼多時髦又資訊豐富的網站，這東西只會讓網際網路之名蒙羞而已！」

真是不好意思啊。

「所以啦，泰水。妳就好好地用這台電腦，做出一個令人刮目相看的網站來吧。啊，這也是新人研習的一環喔，如果以為入團考試只有那樣可就大錯特錯了，通往正式團員之路才沒那麼好走。」

「是～！我要做我要做，請讓我做！」

不知泰水是否明白春日話裡的嚴重性，總之她立刻回答。

「我想做，我真的想做，讓我做就一定會去做，拜託拜託拜託！」

見她答得這麼快又積極得出奇，於是我問：

「喂，妳以前有做過網站嗎？」

「沒有！」

用不著像老妹拿到動物棋禮物那樣對我笑吧。

「可是可是！我覺得我辦得到！我想幫大家的忙！就讓我馴服一台電腦給各位看看吧！」

電腦只不過是個會計算的鐵箱，不管再怎麼馴，也不會變成獵犬那樣聽話的萬能工具啊……

但我沒出手阻止，任泰水擠開團長席上的春日。她拉近鍵盤，握住無線滑鼠，當場像個文書職的囉唆女上班族喀喀恰恰地上工，敲鍵盤的手頗有架式。

大致瀏覽過硬碟資料後——

「啊，工具蒐集得相當齊全呢。可是，咦？既然有這種程式，那一開始應該能做得更漂亮一點的說。這個網站的無效標籤（註：指定元件格式用的網頁語法）好多喔，呃，是誰做的啊？啊，好懷念這種純文字型網站喔，表單的設定好亂……嘿，顯示原始碼……哎呀呀，哇，好可怕。這一堆字形標籤是用來做什麼的啊……啊，根本沒用樣式表（註：控制文件顯示時的版面風格，如文體、邊界、對齊方式等）來做嘛。現在只要是對網路稍微熟一點的國中生，都能做得比這個好耶，學姊。」

剛剛春日不就明講了是我做的嗎。這個學妹竟敢講那麼多刺耳的感想，叫做渡橋泰水是吧，我記住妳了。

「那麼，就讓我來改一下吧！」

明快地宣言後，泰水輕巧地操作起電腦。想說她會樂得哼起歌來，沒想到真的在哼，而且有點耳熟。原來那是春日在去年校慶當輕音社臨時歌手時唱的曲子。現為新生的泰水那時當然是國中生，大概是碰巧看了那場秀吧。

唉，我的確無法否認春日那天實在很耀眼，不過那也讓她對玩樂團萌生興趣，害我們吃了一堆大可不必的苦，真是失算。

手拿第二杯茶的春日坐鎮泰水後頭，全身散發滿意氣息，心情飄得像個對部下優異表現滿心歡喜的上司。想將各種雜事繁工就此推給泰水的心意，如菌孢般不斷從她臉上灑出。

我雖對終能卸下雜役的未來抱有美麗憧憬，可惜那全繫在下決定蠻橫度不落人後的春日身上，也許光是待遇不比泰水差就該偷笑了吧。頭一天就被學妹騎到頭上，往後我的存在意義應該會一天比一天稀薄。我一點都不難過喔。

我和古泉的象棋對戰來到決勝關頭，泰水奉上的茶杯也在這時空了。最後我照例讓古泉稱臣，但是還沒玩習慣，也沒什麼贏的感覺，使我有點倦了。

「再來一盤如何？」

我無視古泉上訴之邀，大打呵欠，不經意地看著眼前的瓦楞紙箱發楞。一直擱在櫃子上的紙箱裡塞滿了ＳＯＳ團戰利品，可說是我們的百寶箱。

凸出箱子的，就是去年草地棒球用過的球棒跟手套。

首度有學妹加入的異物感、對新團員渡橋泰水的淺薄戒心——還有那通讓人放心不下的電話——就是讓我稍微緊繃的元凶吧。才回過神，我已經——

「古泉啊，來扔個球怎麼樣？」

我也不懂為何會如此提議。

「喔？」

古泉和我四目相視，約一秒後展顏而笑：

「不錯呀。筋骨不活動就會變鈍，適度運動對健康和靈感也很有幫助呢。」

古泉心意一定便立刻動作，沒挺什麼腰就拿下櫃子上的紙箱，掏出兩個破爛手套和網球。不愧是古泉，雖然裡頭應該軟硬球兼備，但他已確實看穿我的心思。

五人ＳＯＳ團已運作了將近一年，第一位後進渡橋泰水，才在我們晉級後溜進空出的一年級欄位。雖對她沒什麼不滿，不過我們已在各種超自然的科學性事件中五人一體奔走多時，使我分析出心中有種五角形要變成六角形的怪異不安定感正在紮根。

簡而言之，我還是會不自覺地將突然闖進這安定的社團教室的泰水視為異物。無論此後泰水在團裡有何作為，或是春日認為維持現狀即可，我還是無法完全接受這個事實。

泰水在我洗澡時打來的電話也很有問題。就算那是入團心切而衝過了頭，又為何要特地打給我？即使打給其他人也沒意義，他們三個都還背著特別的幕後工作，然而打給我也不會多有用啊，更別提她連自我介紹都沒做好就掛斷了咧。真是的，這個學妹的腦袋和春日一樣難懂。

所以，我就是想消極地逃離有泰水存在的房間，而那個響叮噹的藉口，就是我向古泉提出的傳接球。只有這個不是室內運動啊。

「那麼──」

我對著觀望泰水操作電腦的春日、開始探究新茶的朝比奈學姊、專心啃書的長門如是說：

「我們出去一下。反正我和古泉也沒什麼好教的，待在這裡反而礙事。教育新人的重責大任就交給妳們啦。」

古泉也拎著兩人份的棒球手套，擠出不特定對誰的微笑。

「說得也是。像這時如果只有女生在，就能玩得更無後顧之憂了呢。討厭的男性們就下台一鞠躬囉。」

這位副團長就只有幫腔工夫算是天下第一。

春日珠針般的眼神對我掃來。

「那就去呀。對了，乾脆就把阿虛至今所有的團員活動對泰水介紹一遍吧。聽好囉，泰水，我現在就告訴你這個男的為什麼是我們唯一的普通團員──因為他真的虛到不能再虛，受不了。妳就把他當負面教材吧，我們團採的是完全貢獻制，像阿虛那種貨色就趕快踐踏過去。」

是是是，如果妳不會改變這種看法，我也能繼續安心下去。希望妳別推給我什麼怪工作，讓我平平安安地迎接畢業典禮就好。
我向古泉使了個眼色，古泉也正確讀出我的意思，將爛手套扔了過來。
「那就先失陪囉，大概會玩到累了才回來。」
古泉重重一眨眼，差點沒啪恰地敲出聲來，之後將手搭上我的背。
「快來享受我們難得的男性時間吧。」
步出門前回頭一看，長門仍持續著她的埋頭讀書術，朝比奈學姊喃喃唸著「這種茶是不是跟其他的混著泡比較好啊」之類的認真閱茶，春日則是在靈活運用電腦的泰水身後擺出不懂裝懂的微妙複雜表情，半張著嘴傻望螢幕。
不管是我們之間還是這房間的氣氛，都在新生加入後變了不少嘛。

我和古泉離開社團大樓，在中庭傳起球來。
無論從哪個角度看，這都只是兩個閒得發慌的男學生扔球殺時間的畫面而已。
鋪滿草皮的中庭就位在校舍和社團大樓中間，能從三樓文藝社教室敞開的窗子一覽無遺。相對的，我們抬起頭來也能看到社團教室，那距離是只要有人探頭，一眼就能看出是誰。

「多了一個女生就熱鬧多了呢。」

古泉投出的球畫出平緩的拋物線。

「怎麼，你希望是男的啊？」

古泉接住了我以上肩投法扔回的網球說：

「是為了平衡。男生只有我們兩個，現在女生又變成四個，怎麼算都是劣勢吧？我們的發言權已經小得可以了呢。」

難堪歸難堪，但還是事實。正確說來，問題就出在春日那響到可比貝斯音箱的發言力吧。

「看來那個女孩也不能用常理論之喔。」

古泉的投球力道微幅增加。

「泰水有什麼怪異背景嗎？」

我的手套砰地一聲咬下了螢光色的球。

「沒有。」

古泉詭譎地淺笑。

「請放心，她是單純的個人，背後沒有任何組織。不屬於任何一方，也不會受他人指使，只是一個有意識的人——所以才耐人尋味啊。」

我瞪著握在手裡、像個鮮摘檸檬的網球說：

「你真的很愛兜圈子耶，古泉，知道什麼就快點說啦。渡橋泰水為什麼要潛入SOS團啊？」

「目的不明。」

古泉擺出投降的手勢。

「我所知道，或者說能推測出來的，只有一件事。」

我高舉雙臂投出的球被古泉輕鬆接下。快讓我聽聽你那唯一的推測吧。

「那是涼宮同學的願望。」

又來啦？

「涼宮同學是經過希望、挑選，最後才決定一定要讓渡橋泰水成為SOS團成員的。她是相信這個新團員是必要人才才錄用的吧，恐怕又是在無意識下操控了現實呢。話說回來──」

古泉將視線拋向我。

「為什麼會突然想傳接球呢？像這樣邀我做些什麼，根本沒發生過幾次吧？」

我哪知啊，只是有有種現在非得用這些球具不可的感覺而已。我可不是怕冷落它們太久害它們變付喪神（註：日本遭神靈附身的老舊用具總稱）喔。

「這樣啊。」

古泉似乎接受了我的說法。

「如果社團教室的器物產生意識，那就代表整個空間異化的開端。不過我之所以能贊同你的感受，是因為我也突然想玩傳接球。喔不，是被不做不可的怪異強制感拘束了。」

古泉投來的球在眼前突然下墜，我順勢撈起。

「那是為什麼啊？」

「我也不清楚，然而那可能是必然的行為。也許我們有義務要來這裡傳接球吧，就像未來人說的那樣，也就是所謂的既定事項。」

搞不懂。這麼說來朝比奈（大）應該又會大費周章送點訊息過來啊，可是的確沒有。說起來，和你在這裡扔球又會變成什麼未來伏筆？

「我雖想問問朝比奈學姊……」

古泉仰望三樓的社團教室，輕聲一嘆。

「可是看那樣子，恐怕她什麼也不知道，這又是我們自發性的舉動，單純是我們疑心病作祟的可能性相當高。如果這樣就要疑神疑鬼，往後就更容易被未來人牽著鼻子走。身為一個過去人，我並不想輸給未來人的計謀。這和超能力或『機關』無關，是我活在當下的個人自尊。」

這和他平常的話相比頗有真心話的味道，令我有些意外。

「被輕視也無妨，對方的能力和組織都比我們強大。但是，我個人並不喜歡就此甘居下風。不管敵人再怎麼強、用什麼手段，主角大喝一聲就把情勢整個翻盤的橋段，在古今中外不都是王道嗎？」

還真像週刊漫畫的戰鬥型英雄啊。如果你能來場速成修行或是讓潛能覺醒，將九曜那票人一網打盡，就不需要我出馬了。

「我想這個角色——」

古泉投來一顆變速球。

「還是你最適合。你有涼宮同學靠著，涼宮同學有你撐腰，這片宇宙沒有你們辦不到的事呢。」

他挑起一邊嘴角。

「我以前也說過，乾脆就讓這世界從亞當和夏娃開始算了，就日本而言該說是伊邪那岐和伊邪那美吧。只要能不斷量產子孫，地球很快就會充滿你和涼宮同學這樣的人，豈不是既超現實又愉快的光景嗎？」

那已經是怪奇搞笑劇場的領域了吧？我可不想故意把我的吐槽體質傳給子孫。再說，如果人類全都起源於春日，那我看歷史應該撐不到諾亞方舟出現。只要是個腦袋清楚的船長，應該都有拒絕超載的準備。

就當是為了考古歷史學會好，你的提案還是收起來算了。就讓他們一直在阿拉臘山（註：土耳其最高峰，海拔 5137 公尺，被《聖經》描述為諾亞方舟停泊處）挖到凍土最底層吧，搞不好會發現木造太空船咧。

「真是遺憾。」

古泉握著球，像風車一樣轉起手臂。

「不過我的心情依然很平靜，想再多觀察你們一會兒，長門同學和朝比奈學姊應該也是。人類是地球上所有生物中，唯一擁有與生俱來的想像力和求知慾的動物，我既然是其中之一，自然會想看到最後，這也是我的真心話。」

這時古泉突然改題。

「你和涼宮同學的課後補習還順利嗎？」

被他發現了。我故作鎮定地說：

「託大家的福，還過得去。不過與其說是教我，我更覺得她只是在享受教人的樂趣罷了。」

「這傾向不錯呀。你和涼宮同學都打算升學吧，如果能就此升上同一所大學，對我也是一大幫助。請你就這麼一直拚到大學考吧。」

得了吧，操煩我出路的有老媽一個就夠了。幸好時間還剩將近兩年，尚不必急於和題庫朝夕共處，我還有點非解決不可的事要做。

「喔？會是什麼呢？」

……譬如一些還沒買的新遊戲，或是還沒玩完就一直擱著的暢銷遊戲之類的。

古泉只是淡淡一笑。同年級生從容的無奈微笑怎麼會這麼刺眼啊，氣死我了，我也想用這種笑容唬倒眾生啊。

「那麼，下一球該投什麼呢？卡特球、蝴蝶球、快速滑球，各種球路都行喔。」

請給我一顆接得住的球。我是永遠的二壘手，沒有捕手經驗。

古泉接著投來的是正中快速直球。也許是別有用心，球速超乎我對古泉那條手臂的想像。既然有此能耐，去年草地棒球大賽應該讓你上場救援吧，如果還有什麼壓箱寶也請盡量發揮。

我和古泉又默默投了一陣子。我對棒球本來就不是特別熱衷，玩到現在也有點膩了。這時——

「咦？」

古泉先抬起頭來，我跟著追上他的視線。

紙飛機。

似乎是隨手折折的簡拙紙飛機在中庭上空盤旋，由於沒什麼風，紙飛機很快地無力墜落，畫出跳高選手著地失敗的軌道刺在我腳邊。仔細一看，像是用社團教室的影印紙折的。

我拾起了它。

幾個潦草的簽字筆字在機翼上舞動，那是：

『ＯＰＥＮ！』

在古泉靠近前，我已火速將紙飛機還原成一張有折線的紙，還楞了好長一會兒。用同樣筆頭同樣字跡寫的黑字雖短，已足以造成些許震撼。

『ＭＩＫＵＲＵ資料夾曝光！』

我反射性地抬頭，看的當然是社團教室窗口。

站在窗邊的人物，將會決定我是否要繃緊神經接受即將開庭的糾彈審議，使我七上八下——

在三樓敞開的窗邊向下看的，的確是渡橋泰水的嬌小身影。確認我看過原始飛行信的內容後，她豎起食指在唇邊一貼，像個從舞台邊退場的女演員般輕巧地消失。

看來這個叫泰水的在電腦方面確實有一套。我一定是和機械白痴朝比奈學姊，以及只會粗暴對待精密機械的春日相處久了才會如此大意。也許那在長門眼裡早已不是秘密，不過她的嘴比鐵礦還硬，不必擔心。

想不到她竟然有辦法打開加密的隱藏資料夾，看來升級安全性的時候到了，改天找電研社社長談談吧。

「怎麼了嗎？那句話到底是──」

古泉好奇地看著我手上的前紙飛機。

「沒什麼，這只是我和朝比奈學姊的小秘密，對你的人生一點影響也沒有的垃圾訊息。」

古泉微笑著聳肩沒答話，而我也無視那張看透一切的臉。

我再度抬頭望了望社團教室。春風正撥弄著收至兩旁的窗簾，令人看不清室內的狀況。

我將之前有過的感想拿到嘴邊喃喃地說：

「真是個怪女生。」

我們不久後回到教室，只見春日在電腦前興高采烈地大叫：

「阿虛快來看！變成這麼漂亮了耶！」

我將球具交給古泉，來到像小貓玩弄細繩般操作滑鼠的春日身邊。

「喔喔？」

一看見螢幕畫面，不知所謂的感嘆符號便從我嘴邊鑽了出來。

「這是ＳＯＳ團網站嗎？」

「看就知道了吧，不是都標得這～麼大了嗎？」

徽章的確很大，不過我之前隨便做的網站已不留半點餘韻。無論是桌面背景、字形還是索引全都翻新，有些字還閃爍扭動個不停，畫面用色也更加誇張。如果說我做的初版網站是傳統圓盤幽浮，那她的就有如水晶燈般華麗。會不會有點裝飾過頭啦？

「這種的就是要引人注意啦。」

春日自居功勞似的趾高氣昂地說：

「而且啊，網路世界瞬息萬變，怎麼可以浪費手上的技術呢。我已經讓泰水把所有能用的素材都用上去了喔。你看，只要按這裡——」

免費素材感全開的音樂響了起來，說實在的，很吵。

我不耐地看著典型失敗網站的展示畫面說：

「其他還有什麼頁面啊？」

「留言板。」

就這樣？

「沒辦法啊。」

春日噘尖了唇。

「我是很想在活動報告上貼滿照片啦，可是第一個反對的不就是你嗎？」

啊，朝比奈學姊的事嗎，這傢伙竟然還記著。

「還有這種的喔。」

鼠標溜動起來，在顯示遊戲的位置上停止，畫面也在按鍵聲後切換，看起來像是個星空背景的遊戲標題畫面。我將字體不知道在講究什麼的名稱唸了一遍：

「The Day Of Sagittarius……5？」

「這是我從電研社拿來的。」

竟敢大言不慚。

「好像是以前玩過的那個的網路升級版，可以和世上任何角落的人對戰喔。雖然我不太懂，不過這種的還是擺上來比較好吧？不用說，這當然是免費遊戲。」

誰會付錢啊。只是既然都出了第五版，就代表那群人對這款遊戲相當有愛，結果還敗給我們，一定帶給他們不小打擊。沒辦法，只能說那是他們自作自受。

「我還順便拜託電研社幫我們開發遊戲了，玩這個實在不太像ＳＯＳ團，我想要的是一個更不一樣的小遊戲。」

我看不是拜託而是命令吧。一想到電研社愁眉苦臉地被迫替ＳＯＳ團打造遊戲，我也感同身受得咬牙切齒，這時我突然發覺——

「那她人呢？」

渡橋泰水不在社團教室。裡頭只有在角落看書的長門，收拾球具後歸位的古泉，以及正注滿茶杯的朝比奈學姊。學姊從托盤拿起茶向我遞來並說道：

「她剛剛回去了。」

「咦？」

正式入團第一天就早退啊？

「她說有非做不可的事，道歉了好多次之後就一溜煙跑走了呢。」

學姊將杯子交到我手上，笑容竟比平時還大了一整圈，待我一問後——

「她真的好可愛喔～」

她陶醉地說：

「無論是聲音、語氣、動作、表情還是應對的樣子，全都真的可愛到不行呢。」

抱著托盤扭腰擺臀的朝比奈學姊也不惶多讓啊。只是能這麼快就摘下這位可愛學姊的心，渡橋泰水真不是省油的燈。

「我對她是沒那麼有感覺啦。」

春日略顯無奈地看著學姊的表情。

「她好像真的很急的樣子，一直像小雞跳來跳去。不過能和實玖瑠這麼合得來，真是太好了，看來她還有待發掘，不會讓人一下就膩了。雖然只是第一天，就已經很夠我看出她有多少本事了呢。」

朝比奈學姊仍扭著身體說：

「她好像很懂得怎麼和人相處，和長門同學也很快就混熟了呢。」

不知是突然回了魂，還是看到古泉刻意呆望空無一物的桌面，學姊突然拿起陶壺找起副團長專用茶杯。我將視線轉向長門，設法想像泰水究竟是怎麼和這傢伙短時間搭上線的。

長門似乎已正確判讀了我的心思，從字海中慢慢探出臉來。

「我借她書了。」

她以過分壓抑的音量吐出幾個字，緊接著想再補充一些──

「她拜託我借的。」

添了幾個字，又滿足地低頭看書。

「好像是一本書名很像衛星還是希臘神話角色的書吧。」

春日隨口應了一句。乾冰入喉般的冰冷緊張通過我的喉頭，只是既然長門沒有反應，我也只好盡力維持撲克臉。

幸好春日真的不將那當一回事，對長門文庫只提了那麼多，便喀滋喀滋地操縱滑鼠關閉瀏覽器，動手關機，宣告今天的社團活動即將結束。

「能在新學年剛開始就得到可靠的新人，應該是個好兆頭吧。ＳＯＳ團可不能在教育新世代上打馬虎眼，一定要讓她看到全校皆垮我獨存的氣勢，一切將從我們手中開始。不對不對，是一定會從我們手中開始！」

我站著喝了口茶。

「妳怎麼說就怎麼辦吧。」

隨口回答之餘，我想起了泰水的臉孔。雖然她沒洩漏我專用的朝比奈學姊資料夾，值得讓我致上十二萬分感謝，但我仍放心不下。側眼一窺，長門還是老樣子埋首精裝書中，正在為古泉奉茶的朝比奈學姊則與前述相同。話雖如此，被春日選上的唯一新人決不是什麼正常人，儘管還看不出來，但背後一定有秘密。

無論是洗澡時的電話還是前幾天那股異樣的矛盾感，每件事都模糊得不得了。好吧，就當那是佐佐木那夥人的懸案依然毫無進展才有的感覺，那泰水又為何會讓我心中騷動不已呢，而且還稱得上是樂觀的騷動。

泰水並非是敵是友那麼簡單，她給我的印象跟長門、朝比奈學姊、九曜或橘京子她們都不同。真要說來——

我對哼著歌準備回家的春日側臉瞄了一眼。

我從渡橋泰水身上感到的不是外星人、超能力者或未來人的氛圍。沒錯，反而和春日或佐佐木有點相近。

但是，我還是一點頭緒也沒有。

於是，我抱著將竹輪麩（註：用麵粉、鹽、水混合打揉後再用竹輪模型壓製而成的食品，等同素竹輪）誤認為竹輪塞進口中的難解感受，也就是某種難掩的鼓譟回到家裡，一打開自個兒房門卻差點沒嚇死。

「阿虛～歡迎回家～」

老妹笑得像隻可愛貓咪迎上前來，三味線擺著一張臭臉橫躺在床上，不過這全是預料中事，平常得完全不教人吃驚。

我的嘴之所以幾乎帶著喀啪般的狀聲詞赫然打開，是因為還有個人頂著剛見過的臉跪坐在老妹面前，而那人還迅雷不及掩耳地筆挺站起，像條剛升空的鉛筆火箭（註：日本二戰後首度出現的實驗性迷你火箭，因形似鉛筆而得名）。

「學長，歡迎回來！打擾了！」

那人響亮地高聲一喊並深深一鞠躬，的確很有禮貌。

「這……」

我完全不能理解現在是什麼情況……

渡橋泰水就在我房裡，要將她當作是自己的幻覺實在太難了，根本不可能。

因急事跑回家的她為什麼會在這裡？

等等，先冷靜分析一下。到現在我已被數度捲入各種意外鳥事，就算不情願也該被迫習慣了。和春日消失、不斷時空跳轉相比，新社員在我房間等我回家還算是日常小事。現在的情況，就像是最後才解釋犯案動機的本格派推理小說情節吧。很好，我很冷靜，就從身邊的人開始盤問。

泰水在胸前十指相扣，亮晶晶的目光向我射來。

「其實我昨天就想來了，結果還是比預定晚了一點，果然不能猶豫呢。」

有聽沒有懂。預定？猶豫？什麼意思啊？算了，等等再想，我先抓起無憂無慮地傻笑著的老妹後頸。

「是妳讓她進來的嗎？」

「因為～」

老妹螞蟻上身似地扭著身子。

「她說是你的朋友嘛～」

太過老實是個非檢討不可的問題。認識的倒還好，一定得教會她絕不能輕易相信陌生人。要怎麼說呢，就是，用我身為哥哥的威嚴去教訓她。

還沒擬完訓辭，泰水的援聲已早一步送到。

「我在玄關一見到她，就立刻認出她是學長的妹妹了呢。呵呵，真是個好孩子！我也好想要這樣的妹妹喔，想抱著她睡。還有那隻貓！真的是一隻好棒的花貓喔！好像很聰明，真讓人印象深刻。」

她連珠砲地說完，卻突然有點洩氣。

「可是我們家已經不能養寵物了，好可惜喔……不過！我很喜歡像這樣陪人家的寵物玩喔！」

鏗鏘有力的語氣帶給我些許物理性的壓迫感，讓我稍微彎腰後仰以對。

「妳……妳那時提早走所說的急事該不會……」

「是的，我很想來學長家參觀一次呢，呵呵。」

泰水極其自然地回答，表情和語氣中毫無可疑之處。她每行一次禮，那特徵般的髮夾也跟著搖搖晃晃。

「姊姊姊姊～」

老妹拉了拉泰水的袖子。

「我們繼續聊嘛～人家想要那個髮夾。已經沒有賣了吧，給我好不好？」

「抱歉，這不能給妳。」

泰水蹲得和老妹一般高，讓四顆圓亮的大眼珠串在一起。

「這是我從小就留到現在的寶貝，所以現在不能給妳。可是，也許那再過不久就會來到妳身邊喔。我們就像是世界之海上的小船，所以總有一天會再回到這裡吧，就算只有髮夾也是。」

我突然覺得，那固定鳥窩頭、類似微笑標誌的髮夾，也許只是一個單純的隨身身分證，不過光注意這些小事也沒用。當我開始思考該觀察什麼時，泰水在我房裡繞了一圈，往床下一窺，拉拉貓耳說：

「這隻貓真棒，挖到寶了呢。」

——之類的話，然後猛然撲向老妹一把抱住，最後在我面前挺直不動，說出口的話闡明了她的意念：

「我要回去了。」

只能答聲「是喔」的我還真有點窩囊，腦子裡應該還內建了更多更得體的詞彙吧。明明有話想說卻說不出口，感覺很不好受。

泰水從正面略低處投出將我射穿的視線，忽地露出緬懷起人生的表情。

「我一直幻想著來到新學校後，一定會發現一個有趣的社團，再碰巧遇上漩渦般的偶發事件，之後順勢而為地加入社團。有些事就算不出聲也會自動找上門，人生不就是這樣嗎？我想，那些講述精采故事的人，也一定都有那種感覺呢。社團裡有逗趣的學長姊，然後跟其中一個人成為好朋友，我好想成為那種故事的主角喔……」

這番話好像在哪聽過，或是自己啥時想過。但在我記憶大倒帶之前，泰水的頭向前一頓，又如彈簧機關似的挺起小小的身軀。

「沒什麼啦，其實我只是很想親自來學長房間看一下而已。很抱歉打擾你，不過我真的很滿足，以後不會再來了。」

泰水對我綻開的笑容的確能讓朝比奈學姊溶成一灘漿糊，像是個將全部信賴託付於飼主的小動物寶寶，被純潔柔和的燐光包覆著。被這種目光射中也能安然離去的寵物店客人，我想一個也沒有。

「下次再見吧，學長，請不要討厭我喔！」

說完，泰水朝老妹和三味線額頭輕輕一摸，像春天第一道東南季風飛快衝了出去，連喊聲等等都來不及。一轉眼，一年級新團員的身影已從我家消失無蹤。

老妹硬抱起呵欠中的三味線並問道：

「那個人是誰啊？」

我現在才是最想知道的人。

「啊……」

之後我才發現有件事忘了問。毫無疑問，那晚在我入浴時來電的就是泰水。問題是為什麼要打給我，而且還短得幾乎只報了名字。難道她當時就確信自己會通過春日一切考驗嗎？感覺像個預知能力者，可是從古泉臉上又看不出一點端倪。如果說她只是個碰巧升上北高，又碰巧混進ＳＯＳ團的普通學生，這一切也未免碰巧得太過火了。

——這世上沒有巧合，一切都是必然的結果。人們只是將無法了解的必然稱為巧合罷了……

這是哪位仁兄說過的，還是跟長門隨意借來的小說裡看到的呢？

撥著記憶之霧的我沒來由地從老妹手中拎起三味線，和老是不甘願的牠鼻尖對著鼻尖。

「你對泰水有何看法啊？」

雖明知這只是自言自語，但我還是想找個對象吐吐悶氣。

「她叫做泰水姊姊嗎？是春日喵跟鶴喵的朋友嗎？」

見到眼睛瞪得比花貓還圓的老妹出聲插嘴，我也將滿臉不耐的三味線放回地上。

在追貓人老妹跟著識趣地告辭的三味線消失後，我終於能靜靜獨處。

怎麼想也想不通。我現在的心情，就像被明示不准用 log 記號以四個四（註：利用四個四和各種運算符號計算出某個整數的數學遊戲，log 會造成該式有固定解）方式不斷解出質數的數學助教。

她是自稱渡橋泰水的北高一年級新生，受春日認證的ＳＯＳ團新團員一號。

然而，她究竟是什麼人？

β—10

星期四。

要想的事越多，就越難決定該從何想起。

就算屈指數數我能做的事，能彎的也只有右手食指一根。最後我還是得普普通通地上學，普普通通地在聽課時放空，就這麼多。

春日的心境竟也與我相仿，打從上課鐘響就心不在焉，大概是把魂都留在長門家了吧。

「喂，阿虛。」

第一節下課鐘一響，春日就拿自動筆往我背後戳來。

「是不是把有希拖去看醫生比較好啊？」

她像是被飼養多年視如己出的小型犬拒絕散步似的，表情一整個沉重。

「只是換季的小感冒吧，妳這樣反而保護過頭囉。」

我說得心都有點痛，畢竟我知道那不是打個抗生素或營養點滴就會好的病。

「可是啊，我還是覺得有點怪怪的。」

春日喀茲喀茲按著自動筆尾，那是無意識的舉動吧。我也呆望著不斷伸長的筆蕊說道：

「古泉不是也說了嗎？要是有個萬一再把她扛過去就好了，況且——」

我吸了口氣，為下句話爭取一點時間。

「當事人不是都說自己沒事了？到現在她掛的保證有落空過嗎？」

「那個……的確是那樣啦。」

但春日臉上的疑慮仍像雲掩金星的昏暗早晨那樣陰鬱。

「我心裡還是靜不下來。不只是因為有希……嗯……我不太會說，就是一種有什麼天大的怪事要發生了的感覺。」

妳是想說神秘宇宙病菌蔓延全球之類的，讓世界像古早科幻片那樣陷入恐慌嗎？我小時候在電視上還看過滿多那種電影的。

「沒那麼誇張啦，那種老掉牙的世界觀早就不流行了。什麼火星人入侵還是生化武器外洩造成人類滅絕危機之類的，都只是對當前人生不滿的末日觀自殺志願者的軟弱面製造出來的。因為那些人根本沒有勇氣自殺，才會想讓人類乾脆一次死光光，依賴心太重了啦。」

說完這番ＳＦ巨匠聽了都會不禁苦笑的話，春日鼻子高高一翹又說：

「真是失策。明知道你只會打諢插科還找你談，我一定是老年痴呆了。好吧，阿虛，快忘了我的話。喔不，我命令你立刻忘記。我的想法是屬於我自己的，會想和別人共享都只是一時神經錯亂，這點我必須承認。」

這樣啊。沒差，我很清楚自己沒本事扯出什麼有創意的淡，現在春日對我唸什麼都不痛不癢。一個明知自己是個大草包的人，就算被人笑是傻瓜也只會失笑以對罷了，我現在就是這樣。

這番話後一直到下午課堂告結，春日都像個坐禪高僧般神遊雲外，此處的肉體只是個毫無反應的空殼，而放學鐘就是能讓她立即幽體合一的現成鬧鈴。

她十萬火急地將書包掛上肩頭說：

「我要和實玖瑠一起去有希家了。啊，你一樣不用來，待在社團教室裡就好。」

可是沒有長門和朝比奈學姊的社團教室，對我一點意義都沒有耶。

春日的眼向上抬了幾分。

「新．團．員！」

春日的嘴就像隻鬧彆扭的水鳥。

「說不定會有人來呀，那方面的事就交給你處理了。古泉倒還好，你去探有希的病根本幫不上忙……」

春日欲言又止，最後還是決定一吐為快。

「搞不好還會讓她更惡化，就像瘟疫一樣。女孩子生病時有男人在家進出實在不妥，所以你和古泉就不用來了。乖乖看家吧，那也是ＳＯＳ團的例行工作之一喔。」

都被團長耳提面命當條看門狗了，我還有選擇的餘地嗎？

整理一下。我首先必須面對的就是九曜，她和她家老大就是長門病倒的元凶。不剷除病根，事態根本不會好轉。

再來是藤原。雖然那個自稱未來人的傢伙嘴裡淨是些刺耳的煙霧彈，卻和九曜有某種掛勾或是同盟關係，這點千真萬確。目前看來，橘京子只是被那兩方利用的棋子。她和我或古泉都沒面談過多少次，也無力和外星人跟未來人作對，從朝比奈學姊綁架事件的簡單結尾法就能略知一二。很抱歉，我真的不認為她能與古泉為敵，頂多是砲灰而已。只不過，她應該是扮演著連她自己都沒察覺的角色。雖說絕不能輕敵，但我仍覺得橘京子沒什麼看頭。

「……果然還是得看佐佐木嗎……」

「你說什麼？」

我以為音量已經夠低了，卻依舊逃不過春日的順風耳。

我判斷她的悶臉是出自對長門的擔心，於是我自然地兩手一攤。

「我今天就照大人您的吩咐，乖乖在社團教室裡待命。要是有新生想入團，我一定會想辦法唬弄兩下，儘管放心吧。搞不好妳不在還更容易招到人咧。」

春日哼了一聲。

「那就拜託你囉，有事馬上聯絡我，我如果想到也會打過來看看情況的。掰！」

將想到就去做視為座右銘的春日火速衝出教室，像條被強力吸塵器吞噬的貓毛。

她是真的很擔心長門吧，我當然也是。

不過同樣是擔心，處理手段和目的卻各不相同。我有我的想法，她有她的作風。我們一起為長門煩憂，沒有誰對誰錯，也沒有正確答案。

然而，我和春日都在尋找著一個解答。若要說誰較接近問題核心，那就是我。

我也想在外頭奔波，但春日已替我扛下這項工作，我又該做些什麼好呢？

只有等下去了吧。時機一定會成熟，而且就在不遠的將來。九曜的襲擊、朝倉的復活、喜綠學姊的插手……

一定全都是伏筆。不甚理解何謂時間的外星人三人組會同時現身絕非偶然，必定是某種預兆，是只有我才會懂的艱澀謎題。

近期內一定會有人行動，就算沒有我也會展開行動，再讓他們因我而動。

相信佐佐木的想法一定和我一樣。在我心中，這份預感已從一絲曖昧的念頭昇華成實際感受。

也許長門真的束手無策。

但我還有春日，也有佐佐木。

儘管身分未定且本質不明，那兩位現代人也都是所有關係人口中的神級人物。只要雙姝合璧，無論是外星人終端、惡質未來人還是三流超能力者都只有看戲的份。儘管一切的一切都可能是某個勢力精心策劃的陷阱，但可能性再高都會被春日視若無睹地一笑泯滅，再低也會在佐佐木的深思熟慮下現出原形。

我開始害怕這有如甲烷冰（註：methane hydrate，由水分子包覆甲烷形成固體結晶的可燃冰）融解般不斷湧出胸口的想法。要是春日和佐佐木聯手，說不定真能支配整個宇宙。不過這種事永遠都不會發生吧。別說春日沒那個意願，佐佐木也會一笑置之對我說教，我幾乎能看見她們的表情。

「嘿咻。」

前往社團教室之前，我提起只裝了最低消的書包往肩上一扛，也看到了回家社萬年社員谷口和我一樣急欲踏上歸途的身影。

儘管現在沒人能消解我的煩惱，但從天而降的單純疑惑仍扒開了我的嘴。

「喂，谷口。」

「啊啊～？」

谷口不耐煩地回頭，滿臉寫著「讓我靜一靜」。我雖想那麼做，不過他可是重要的樣本。即使本人毫不知情，但他仍是和某外星生命的人形有機生命體相處最久的地球人。

「我想問你一點關於九曜的事。」

才剛出口，一切表情便從谷口臉上立刻消散，全身籠罩在連僵屍都還活潑一點的倦怠氣場之中。

「……我說阿虛啊，你還是早點忘了吧，我再也不要想起她了。我那天一定是中邪了，現在想起來真想一頭撞死。話雖如此，我好像還真的沒多少記憶，一定是我的記憶力忍受不了自己的愚蠢了。所以，請你千萬別在我面前提起那個名字，如果我明天一早就想從教室窗戶跳下去，那就是你的錯。」

谷口滿臉都是被果汁機攪得糊爛的悲壯感和徒勞感。儘管我深表同情，但我仍得打破沙鍋問到底。有時為了情資，讓自己化為魔鬼也是無可厚非，更別說對象就是谷口。這個人再萎靡也只是暫時的，沒兩天又會變回那個傻呼呼的損友。就算不用翻閱阿卡西紀錄，我也知道那是明明白白的事實。

「你和九曜在聖誕節以後是怎麼過的？應該有約會吧？」

「還好啦。」

谷口的眼彷彿在歷史間遊走，對不了焦。

「是她先主動和我說話，我們才交往起來的。是聖誕節前兩天吧，她還是那樣不太講話也沒表情。雖對她個性怎樣沒概念，不過你也知道，她真的還滿正的。」

現在想想，好像的確是那樣。我只顧著對她的怪異氣息起反應，對她的容貌未多著眼。

「後來啊——」谷口繼續說：「在歲末年初那一陣子，我們去了很多地方，當然都是健全高中情侶會去的啦。有時我邀她，有時換她選地方這樣。」

外星生命體的人造人會想去哪裡啊？長門大概很喜歡碰巧和我一起踏進的圖書館，不知道他種外星人會對什麼有興趣。

對我的老問題渾然不知的谷口說：

「全都很老套啦，就是看電影吃吃飯之類的。周防……呃，她比較不一樣，竟然會想去速食店，真搞不懂。不過我錢包也沒多深，所以沒意見，只是覺得她興趣很怪就是了。」

聖誕節到情人節大概有兩個月，你們都聊些什麼？九曜應該不會先找話題吧？

「也不盡然。」

谷口的答案教人意外。

「她木訥歸木訥，有時還是會打開話匣子說個不停，而且還是她主動的。」

九曜自己先開口？

「是啊。雖然我幾乎都忘光了，不過還記得她說想要養貓，還強調貓是比人類優秀的動物。那時她比較了貓和人類優劣之類的將近兩個小時，聽得我都快睡著了。她好像還喜歡一些比較深奧的話題，例如問我對於人類進化的看法等等，而且是以一億年為單位喔，我哪答得出來。你會怎麼辦啊？」

我依然無法想像九曜滔滔不絕的樣子。是天蓋領域的聯繫裝置真的那麼隨性，還是性格會看場合轉換啊？

「可是你還是跟她交往下去了不是嗎？」

「就是啊。這還是我有生以來第一次被女生搭訕，而且……呃……她真的很漂亮……」

結果還是看臉啊。俊男美女果然很吃香，就算腦子散發點毒電波都還有得談。正當我為了外觀竟是年輕人戀愛重點而開始絕望時——

「然而，這段緣分就在轉眼間灰飛煙滅了。」

在舞台上誇張展現悲傷的羅密歐谷口仰天一嘆：

「那天我跑去赴約，結果在那裡等我的她第一句就是『我誤會了』，我連問什麼意思的時間也沒有，一轉身就找不到人了。之後我的聯絡被她完全無視，她的來電也完美掛零，害我難過了一段時間，真是蠢死了。沒錯，就是被甩了，至少這點我很清楚。」

而且是情人節前夕啊。今年二月，我和古泉還在山上拚老命地挖，又和來自近未來的朝比奈實千瑠等人胡搞瞎搞，還在那場冬季插曲中首次邂逅了藤原和橘京子。而谷口和九曜，竟然就在我們想不到的地方編織著一段無謂的小插曲。

可是，從谷口話中能聽出周防九曜似乎真的缺了不少根筋。

幸虧九曜將谷口錯認成我。假如她在春日計劃聖誕派對前就和我接觸，只會替因為春日消失和長門錯亂而忙昏頭的我多添一項大麻煩而已。時間移動到四年前的七夕解決那些事情，可說是已經將我這輩子的勞動慾消化見底。能替我在那期間和九曜周旋，還真得好好拜謝谷口一番。

「你問完啦？」

谷口見我陷入沉思，便扛起背包準備隨時撤退。

「是啊。」

我一臉爽朗地回答。

「谷口。」

「怎樣，你的臉怎麼這麼噁爛啊？」

「雖然你自己可能不清楚，不過你真的很屌，我敢打包票。」

「啊？」

大概是擔心我的精神狀態吧，谷口彆扭地說：

「被你稱讚我才不會高興咧。你到底是被涼宮踹到精神錯亂了還是終於怎樣了嗎？啊？」

谷口旋即轉回剛別開的臉，露出最佳損友的笑容。

「彼此彼此啦。阿虛，你也不是什麼三腳貓，竟然能在那個瘋子社團裡待上一年。你就好好守護涼宮一直到畢業吧，你是她唯一的指望。」

他似乎是發覺自己說了些不像自己的話，一個箭步衝出教室，彷彿不想讓他靦腆的表情走光。

日子再這麼順利過下去，我就會和谷口在畢業典禮上同唱驪歌。希望屆時，我們都已決定好未來想走的路。

我並不特別想和他上同一所大學。要是這段高中孽緣一直牽扯到最高學府裡，一定會成為認識新朋友的主要障礙。雖不知對往後人生是否有益，我還是認為人就該在新環境裡建立新的人際關係，一直跟同一群人廝混好像沒什麼益處。

春日又是怎麼想的呢？

等同於神、引領我等的團長涼宮春日，究竟會怎麼想呢？

和谷口和樂地哈拉完，我順著往日習性步向社團教室。

明知去了也只有古泉在這點讓我提不起勁，但聖旨仍不得不從。要是真有新生想入團，事情可就不得了了。我個人是完全不想攬什麼招收新團員的麻煩事啦，不過要是被春日知道我眼睜睜放獵物溜走，麻煩說不定會一舉躍升成暴力，到時掛彩的也只有我的項上人頭。

我曾聽說中彩券頭獎比搭上失事班機的機率還小，既然這所高中不是公營賭場或機場，會有人報名ＳＯＳ團的機率一定更低。

如此咬定的我打開了社團教室門，卻在見到裡頭人影時不禁大吃一驚。

「咦？」

發出疑問聲的並不是我的嘴，那是來自一個比我先出聲，且比我更早進社團教室的人。

站在窗邊的嬌小女子忽地轉過頭來。那張臉素昧平生，穿著不合身的鬆垮制服，略捲的頭髮上別了一個類似微笑標誌的髮夾，室內鞋顏色透露出她是今年新生。況且，我怎麼看都認為她鐵定比我小，而這個印象還深深敲進了我的腦門。此一確信感比我邂逅朝比奈學姊時更為鮮明，但我還是不懂為何會有這樣的第一印象。

「啊？」

我的反應就是這麼憨。見到陌生女子出現在成員總是固定的空間裡，做出只有一個字的反應也不為過吧。

原以為接下來的會是一段淤塞的沉默，但少女的反應相當地快。

「啊、學長？」

不管妳笑得再陽光還是無法去除我的問號，我可不記得自己認識了哪個學妹。

然而，那女孩卻將身段收直深深一鞠躬，並快速抬頭俏皮地吐出舌尖微笑說：

「好像是我不小心弄錯了。」

什麼？弄錯什麼？社團活動的體驗報名處嗎？如果妳要找文藝社就完全找對囉，只是長門目前不在。

「不，不是那樣。這裡是ＳＯＳ團吧？那就沒錯了。」

在我反應之前，女孩已機關槍似地開口：

「我之前就很想來一趟，可是不小心錯過了。啊、我和這裡的學長是第一次見吧！呵呵，那也沒關係，這點小錯誤不算什麼。學長，你今天在這裡碰見我的事要記要忘都可以，兩邊都一樣。哎呀我真是的，實在是太迷糊了！應該會給學長添麻煩吧。請原諒我一時糊塗，你很快就會知道是怎麼回事了！這絕對不是什麼難懂的事！不過，就算有什麼奇怪的阻撓讓事情變得複雜，務必不要慌也不要衝動喔！請你一定要記住這點，記住了嗎，我們約好了喔。約好囉！對不對？」

呃，就算問我對不對，我還是做不出呆立以外的反應。

若說那是古泉變性再穿上女裝的樣子，那也差太遠了。她不像春日，不像朝比奈學姊，更不像長門。現在這情況，就是文藝社教室裡有個以上皆非的北高一年級女學生，還像個黑太子愛德華（註：Edward the Black Prince 1330～1376，英法百年戰爭第一階段最著名指揮官，其稱號可能來自他的黑色戰甲）麾下的征法長弓兵，一箭又一箭地單方面強調那只有她自己聽得懂的鬼話，逼得我只有防守的份。不過這種凌人的調調兒，似乎和哪個人有點像——

想到這裡，少女已掠動鬆垮的制服袖，蹦蹦跳跳地走向我忘了關的門口。

——喂，先等一下。

雖想這麼說，但對方已先行一步：

「那就失陪囉，學長。」

她回過頭來，行了個海軍式的舉手禮。

「下次再見吧，掰掰！」

她對我溫柔一笑，一轉身就離開社團教室。奇怪的是，我好像沒聽見她的腳步聲，簡直像一踏上走廊就如晨霧般消失得無影無蹤。

「…………」

我楞了幾分幾秒啦？

好不容易回魂後，我才發現窗邊多了個昨天沒有的陶製窄口小花瓶，裡頭有朵簡單而優雅的花。

這朵美麗的不知名小花一定就是那位神秘少女帶來的，朝比奈學姊這兩天應該沒有插花的雅致。我雖想知道花的品種，但那位少女更教人掛心。

她說話的語氣似乎和我很熟，而且從她暢所欲言地說完後，旋即一陣風般就地撤退的樣子看來，她應該知道ＳＯＳ團三美今天不會出現。

也就是說，她是專程來找我的嗎？不會只為了擺朵花就偷闖進來吧。

不不不，先等等，難道她是真的想入團？看起來她的確是新生……

那麼她還真是個不怕生的可愛女生，早知道就先讓她留到古泉來再說。

「可是……」

看她走得那麼匆忙，說不定根本不想和古泉碰面。

所以她真的是來找我的囉？

——下次再見吧，掰掰！

這又是怎樣？我還會在哪裡遇到她嗎？

「莫名其妙。」

夾在天蓋領域vs長門，佐佐木同盟vsＳＯＳ團中間已經夠煩了，現在的我實在不想料理多餘的神秘人物。

受不了，如果能分身處理雜事就好了，我還有非我不可的難題要解咧。就算緊要關頭能請有「機關」做後盾的古泉助陣，但是和外星人跟未來人交手的擔子已經夠重了。同理，當然不能扯進鶴屋學姊。九曜是個糟到極點的對手，能和她打對台的只有喜綠學姊或朝倉。但是她們派系和長門的資訊統合思念體不同，根本沒得信任。說不定就算我們敗得一塌糊塗，她們還是打算隔岸觀火，甚至說些「我就說嘛」之類的風涼話。像這種事誰都會不爽，對吧？

我將書包朝長桌隨手一扔，拉了張椅子就坐。

古泉準備的棋具在桌上整齊陳列，外觀類似將棋。

天已在對規則一竅不通的我望著棋面時紅了半邊，全校廣播器也播放起驅趕學生離校的絲路之歌。

今天幫ＳＯＳ團顧店的只有我一個啊？古泉意外缺席對我而言雖不是什麼好兆頭，但學生的本分就該以學業為重，尤其要擺在這種沒營養的社團活動之前。現在古泉也可能得認真決定未來去向了，他也許會因職責需要而追隨春日，問題就在於春日想上的是哪所大學。

喔不，在那之前，會比我們早一年畢業的朝比奈學姊又該怎麼辦呢？遞補那萬人迷學姊的茶水專員學妹也會是未來人嗎？

「真糟糕。以前想明年的事都覺得不太實際，現在卻完全不同。」

我孤寂地背起書包，離開了無人的社團教室。

只有我一人的社團教室，跟鄉下的醫院廢墟一角沒兩樣。

我想上高中以來我還是第一次這麼感傷，一點也不像自己。這對普通的高中男生來說也許很普通，但是我已習慣性地將自己視為ＳＯＳ團的一員，就像夏天的惱人蟬聲那樣自然。

「可惡。」

我順口嘖了一聲，有種精神受人操弄的感覺。

是夜，佐佐木主動來電。

『藤原先生約我們明天在站前再見一次面。』

終於啊。

佐佐木的語氣和過去有些不同，帶了點決心。既然我都聽得出來，那她肯定早就料到會有這一刻。

現在正是一決死戰的好時機，說不定還嫌晚了點。我一直都很清楚，在咖啡廳拖拖拉拉胡扯些什麼也不會好轉，不管對象是外星人還是未來人都一樣。回想起來還真的白費了不少時間，現在總算能做個了結。

『對了，阿虛。』

佐佐木以打從心底為我操心的音調說：

『藤原先生這次是來真的吧，好像想讓事情在閉幕鈴響前直接結束，只是他話還是說得跟之前一樣不清不楚就是了。不過在下可沒那麼好敷衍，在下對觀察人心方面還有點自信呢。』

的確是。我想我這輩子還沒見過哪個男女老幼耍得了佐佐木，頂多是總是高速坦露自己的鶴屋學姊吧，她可是個手比心快的人。

『可是，在下還是不知道他到底想利用還是撇開在下，所以在下現在是個不定的觀測要素。能確定的，就是阿虛你。你和你的判斷將會是一切的關鍵。』

佐佐木獨特的咯咯笑聲突然鑽出聽筒。

『不必太緊張。在下敢說不管世界變成怎樣，我們都不會改變，會變的只有未來而已。就算那對藤原先生或朝比奈學姊都是天大的事，然而對我們幾個現代人卻無關緊要。』

我看不出朝比奈（大）有何目的，但還是不想讓我的朝比奈學姊傷心落淚。

『對未來看開一點啦，阿虛。』

她的語氣就像隻在電線上聊著明日晴雨的麻雀。

『在他們眼中，我們都是過去人；在我們眼中，他們也只是現在延續後產生的未來人。然後最重要的，就是無論如何，這個世界都還是現在，那就是我們對未來人所佔的優勢。一定要牢記喔，阿虛。你一定辦得到的，再怎麼說——』

佐佐木隱隱竊笑。

『你都是涼宮同學和在下選中的唯一普通人啊。』

我現在的意識和選民意識完全搆不著邊。就算妳說得胸有成竹，我的頭還是一樣漲。選或被選又怎樣啊，真想大喊幾聲發洩一下。我了解長門、古泉和朝比奈學姊為何看中我，也做好了該有的心理準備。我在去年聖誕節下的決心，到現在仍像剛做好的豆腐一樣安穩地沉在我心深處。可是啊，就算是因為春日的無意識還是啥把我擺在這個不情願也得認份的位置，怎麼連妳也說自己選上了我啊？

妳又不像春日那樣沒神經，應該很清楚自己等同於神。如果妳很明白自己的所作所為，就快點解釋——

為什麼要選上我？

『呵、咯咯。阿虛，雖然在下以前就對你的沉鈍有點不放心，結果你真的到現在還在說這種話啊。』

聽起來不是嘲諷，而是訝異。

『打個比方好了。假如你——該怎麼說呢，買了彩券好了。』

我是沒買過啦。

『彩券的獎號是經過嚴正抽選後再公布的，手上彩券號碼和頭獎相同的機率雖可能根據某些條件變動，但仍低於好幾萬分之一。』

也就是花錢買個夢，實際上根本不能期待囉。

『就機率而言的確是這樣。畢竟能靠賭博賺錢的只有賭場老闆，賭客幾乎都只有賠本的份。但是總有人會中獎的，因為彩券號碼跟開獎數字一致的機率並不是零。你知道嗎，像現在涼宮同學和在下就是彩券商，而你就是手握一張彩券的普通人。』

佐佐木暫時說到這兒，深長的吸氣聲隱約從電話那頭傳來。

『可是令人意外的是，涼宮同學和在下隨機決定的獎號竟然只有末兩碼不同而已，而你手上的彩券也是。然而，你還不知道自己的末兩碼會是什麼，或者說被蓋起來了，想看也看不見。』

這算哪門子的彩券啊？

『事實上，那兩個數字到現在還在變動。但是別擔心，那很快就會確定了，然後你才會知道它們是什麼，只是我們在確定之前還需要花點時間觀察。假如你一直把彩券壓在抽屜底下不拿出來，等到領獎期限一過，它就只是張毫無意義的廢紙，到時候連選的問題都沒了，一切就當沒發生過。』

我的神經應該沒那麼大條吧，那可是一夜致富的機會耶。

『在下也這麼覺得。所以說呢，不管是涼宮同學的還是在下的，你一定要趕快讓數字定下來。而且，能決定的就只有你，不是藤原先生或九曜小姐，他們也辦不到。不管是這世上的誰、哪個未來人還是在太空飄盪的生命體都不可能，這就是他們執著於你的原因，因為一切都由你來決定。』

「…………」

『嗯，咯呼呼。這個沉默還真是那個，你真的很老實耶。』

知道的話就和我現在的立場交換一下吧。

『在下也不想處於那種立場。在下很……好險好險，怎麼說呢，對了，在下很信任你。阿虛，你所選的路應該沒有錯，你自己應該老早就明白這點了吧？』

佐佐木閒聊般的簡潔論調就像是定心丸。佐佐木不是在給我忠告，也不是誘導。這位自稱中學摯友，被國木田評為怪人的老同學，只是忠實確切地將自己的想法化為言語而已。

「知道了啦，佐佐木。」

我握緊話筒說。

「就包在我身上吧，明天見。」

霎時沉默後，佐佐木呵呵竊笑道：

『嗯，在下也很期待明天。在下對你的信任可是比剛經過下水典禮的潛水艇的極限潛航深度還深喔，你愛潛多深就潛多深吧，一點點也沒關係。再見啦，摯友。』

她在語畢的同時掛斷電話，幾乎不讓我感到一點延遲。

第八章

α—11

已經星期五了啊。

總覺得這星期忙到不知道在忙什麼，明明只是春日召開招新考試再決定讓泰水一個人入團，卻讓我有過了兩週份人生的錯覺。看來自從我和那個未來怪客、橘京子、叫九曜的天蓋領域聯繫裝置和佐佐木這票人偶遇以來，我的心就飄忽不定。

說起來還真的很怪。那麼戲劇性的相遇之後就沒有任何下文，怎麼想都不對勁。照例來說我現在也該忙得七葷八素了，眼前卻是教人猜不透的風平浪靜。

該不會長門、古泉和朝比奈學姊此刻正在暗地裡流血流汗吧。讓春日平順過活是他們三方共通的目的兼手段，所以沒什麼好意外的，不過嘛……怎麼不通知我一聲呢，到現在還把我當外人嗎？還是說他們怕我輕舉妄動，不僅派不上用場還有成為人質的風險……

胡思亂想、汗擦個沒完的我，終於抵達北高校舍樓梯口前，我機械式地打開自家鞋櫃。

「嗯？」

睽違已久的物體就擺在收放整齊的室內鞋上。

那是個印有某吉祥物角色的彩色信封，收信人就是我，而背面應當寫著寄信人的文字是——

『渡橋泰水』

一字不差。

且讓我回想個幾秒鐘。這種事我已碰過不少次，頭一回是朝倉，而她的目的是要讓我和閻王泡茶。再來是朝比奈學姊，而且是大人版，並在給我重大暗示後消失無蹤。下一次又是朝比奈（大），她要我執行一些不知所謂的指令，最後在新種未來人放話後告終。

總結以上悲慘經驗，我很明白鞋櫃裡的手寫訊息決不會是桃花源的入場券。

不過，我還是覺得這次也許會有別於前。對方是剛入團的新生，怎麼看都是個人畜無害、身高體格都不像高一的活潑天真女孩。從昨天的突襲訪問可以得見，她的確滿積極的。

「這封信……」

說不定能一償我的宿願。這會是學妹的真心告白嗎，我的春天終於來臨了嗎？

——從你我邂逅那天起，我就對你一見鍾情，所以我才會為了加入ＳＯＳ團那麼拚命喔——

「別傻了我。」

這只是閒來無事喃喃個幾句而已，我實在找不出半點讓那個陽光學妹對我示愛的理由。

再說，我若是傻傻地赴了這樣的約，等著我的一定是乖離日常的驚異情節。能想起的臉只有兩張，這次會是哪一邊？是絕命危機還是絕美微笑呢？

「好吧。」

在鞋櫃前待久了只會增加目擊者，要是被春日或谷口撞見更是沒完沒了。

我三步併作兩步衝進廁所揭開信封，裡面有張撲克牌般的紙片，上頭疾筆寫了一句——

『下午六點請在社團教室和小女子一敘，一定喔！』

就這樣。

感想實在有夠難下。如果硬要擠一句，大概是「搞什麼鬼」吧。

這只能讓我聯想到令人懷念的朝倉事件嘛！可是我的本能還沒產生危機意識，一聲警報也沒響過。一大早被迫登山後不怎麼清澄的感覺告訴我，這比較接近朝比奈（大）的邀請函。基本上，我根本不相信我自己，但偶爾也該給我親愛的直覺一點機會對吧？

說歸說，萬事還是小心為上——不是嗎？

時間來到班會前一景。

「我說春日啊。」

「嗯？」

「我現在有個不知道該怎麼選擇的問題。」

「是喔，是課業上的嗎？」

「妳就當作是吧。」

「看來你的上進心終於發芽了呢，阿虛。身為團長，我很高興能提昇團員的幹勁。那麼，那個問題你應該先自己想過了吧？」

「那當然。」

「如果查得到資料就快去查吧。」

「那不是有資料可查的問題。」

「啊？是數學嗎？那就要看你知不知道該怎麼切入了。是什麼題目啊？」

「也不是數學。而且我想知道的不是解法，而是答案。」

「那跟照抄整本暑假作業的小學生有啥兩樣？這樣根本學不到東西喔。」

「無所謂，只要能了解出題者的想法就夠了。」

「什麼嘛，是現代國文啊，不會早點說喔？就是說這篇文章的作者是抱著什麼心態下筆之類的意思吧？」

「這算是最接近的。」

「真是無聊。不管是小說還是評論，這篇文章寫了什麼、筆者作此文有何用意的問題，除非出題者就是筆者本身，否則根本沒人答得出來。就算有正確答案，在答案上打圈打叉都只是人類一時的想法或自以為是罷了。那種題目應該改成『你看了這篇文章有何感想』，這樣才算是個問題。」

「呃，不用想那麼深啦，而且現在寫的人就是出題者。」

「那就好辦啦，兩三下就能搞定。」

「恭請大師賜教。」

「那就是——」

春日的鼻尖颯然湊來，用輻射熱四散的壓迫性笑臉簡短地說一聲：

砬！

「去問筆者本人就好了呀！」

到了午休，我拋下谷口、國木田和便當盒展開行動。

春日說得沒錯，與其抱頭苦思不如直接向繫鈴人求解，更別提她的真意只有她自己知道。只要讓她開口一切就解決了，她是個小我一屆的率直少女，談起來應該不會多複雜，也不會演變成全武行。

於是乎，我來到集中了一年級的校舍閒晃，四處窺探泰水的身影。

儘管無視她六點的約直接殺來也許不太禮貌，我還是得讓她知道我想把事情弄清楚。只要還有可能成為刀下亡魂，我的破直覺就只是被馬桶沖走也不足惜的廢物。

這時，我昂揚的腳步戛然而止。

「她是哪班的啊？」

入團考試卷上應該有這一欄，但是我完全沒印象，是注意力都被她奇特的答案和名字吸走了嗎？

「挑午休來真是失策。」

前年度熟悉的走廊和教室光景，在一群群新生渲染下恍若隔世。即使全身上下不同的只有室內鞋顏色，窺視起其他學年的教室依然教人緊張。一年級的也因為我這一間間打探的生面孔感到不適，紛紛投以觀賞珍獸的眼光。

一找到泰水就把她拉到清靜一點的地方吧，被人誤會也無所謂，我們的關係只是在同一社團認識的學長學妹，沒什麼好怕的。只是——

「……找不到耶。」

我就是遍尋不著泰水。她那種矮個子應該很醒目啊，但我卻沒發現半個類似的人物，到學生餐廳繞了一圈也是無功而返，而我的飢腸也快頂不住了。之後我嘆了口氣咬緊牙根，在校園間四處徘徊，到頭來仍是白費工夫，不禁無奈望天。腳步停在中庭，眼睛盯著文藝社教室，大概只是碰巧吧。

有可能嗎？

我將矛頭指向社團教室。我雖不認為會有人特地把便當捧到社團教室享用，但也不無可能。糗，早知道就把便當一起帶來了。

我打開了那扇放學後才會與春日一起打開的門，發現長門就在裡頭，而且別無他人。見到這正常得不能再正常的現象的我舉手打聲招呼，轉身準備投回被我冷落的便當盒懷抱，雙腳卻就地凍結。

最可靠的萬事通諮詢員不就在這兒嗎？

「…………」

長門在老位子沉醉腿上書頁，對我的闖入一根睫毛也沒動過，告訴我日常狀態仍停滯於這個空間。若不知她是外星生命體的有機活體人造人，那麼在午休的社團教室中默默讀書的少女身上散發的沉謐氣息，應該是再普通也不過的現象。

明知內幕的我將便當內容暫時拋開，對長門說道：

「長門。」

長門緩緩抬起了頭，將視線定位在我的臉部中央。

「什麼事。」

先來個旁敲側擊。

「她是什麼人？」

「什麼也不是。」

不愧是長門，似乎已立刻參透我用的代名詞指的是何許人也，但即便如此──

「這樣說也太武斷了吧，渡橋泰水不是普通學生嗎？」

「北高裡不存在名為渡橋泰水的學生。」

這個答案讓我的精神嚇退了半步。

不存在？也就是，呃……我的腦袋開始分向運轉。

啊、是這樣啊。

「是假名吧。她是偽裝成北高學生，專挑放學後入侵嗎？」

「可以這麼想。」

唉唉唉，渡橋泰水果然不是尋常人物。喔不，其實我早就有感覺了，她真的不太一樣。過於順利的情節背後一定有人為操作，再怎麼荒誕無稽的小說皆好此道。

那她是哪邊的手下？第一順位是……

外星人嗎？

「不是。」

未來人？

「不是。」

超能力者……看起來也不像。

「對，不是。也不是異世界人。」

特意補這一句不太像長門平時的作風，但在過問這點前，對未知事物的探求心先讓我開了口。

「那泰水只是個行動力超群的怪女生嗎？還偽裝成北高學生。」

長門從塞滿文字的頁面抬起臉，和我在對話中第一次對眼。那有如在黑糖上灑了金箔的眼眸有種神秘的吸引力。
她用與腹式呼吸相距甚遠的細小聲音說：
「現在還不能說。」
為什麼？長門是不是第一次這樣語帶保留啊？
「經過判斷，那樣比較好。」
「什麼？」
這反射性的回答真是丟光了吐槽角色的臉，得好好反省。不過我至少分得清時間、地點和場合，而且我不是來和長門閒話家常的。現在最讓我驚愕的，就只有一點。
那是長門自己的意思？對象還是我？
這——該不會是某種天變異象的前兆吧。
「是誰判斷暫時別跟我說比較好啊？統合思念體嗎？」
「推斷那比較可能產生正面結果的，是我自己。在時間、場合和限定空間之中，資訊的缺乏可能產生較佳效益。」
不知怎地，我完全不覺得應該慶幸。當我不禁猜想這會不會是某種報復，打算一走了之的衝動就要突破極限時，才想起救星還窩在口袋裡。
那當然就是渡橋泰水捎來的非情書約見函。

「那這封信……」

雖說對沒先跟泰水說一聲就把信給別人看感覺有些抱歉，不過老實說我也沒必要幫她顧慮那麼多。

長門看似興趣缺缺地瞥了一眼，直接了當地說：

「儘管去吧。」

真的可以嗎？

「她對你沒有惡意。我推測──她還想幫你的忙。」

我不禁低吟一聲，老實說我也有相同感受。

她是個在春日的瘋狂入團考過關斬將，走路蹦蹦跳跳的超陽光新生。對於這位頂奔放捲髮，身穿鬆垮制服，還喜孜孜地完成社團雜役和網站改造訂單的稚氣少女，除了可愛兩字之外不抱有其他感想，可說是人人追求的理想社團學妹。我一定是腦子有病才會覺得她有問題。

不過要我這麼想的前提只有一個，那就是沒看過鞋櫃裡的信。

之後，我和問了什麼都只回答是或不是的長門告別，回到教室，午休結束的鐘聲緊接著響起。唉唉唉，最後我還是跟午飯無緣，等放學到社團教室再嗑吧。

值得慶幸的是，春日教授的班會後講習的確在新團員敲定後終止，於是我和春日肩併著肩，以飛蟲撞上捕蠅紙的速度趕往早就空殼化的文藝社教室。這雖是喊膩也不奇怪的一貫作業，但我的心境已在新團員加入下多少有些改變。

然而，被春日再次砰然掀開的門後，只有女侍版朝比奈學姊，和疑似從午休就不曾動過半毫的書蟲長門兩張老面孔。至於身為少數男性的我唯一可依靠的古泉尚未現身，我並不是那麼意外。他應該是被選為哪個班級幹部，正在和其他女股長卿卿我我吧。要不是有這個鬼社團纏身，憑他的翩翩風範絕對能迷倒眾生。若想背著我們來場電玩般的校園戀愛，也一定不會露出馬腳，說到底他可是手腕高明到讓人火大的ＳＯＳ團第一公關呢。

當我拉回偏曲的思路，才發現——

「新人還沒來嗎？」

四處都沒見泰水那小不點兒。就算是從自己學校出發非得花點時間不可，涼宮春日大人對遲到的責任追究卻是比別人加倍嚴厲啊。

「啊……」

就像是為自己的過失道歉似的，朝比奈學姊雙手合十地說：

「她今天好像有事請假。聽說是急著要辦一件攸關未來的人生大事，放學後來了一下就走了。」

不知學姊是怎麼解讀我輕彈的眉梢，語氣和動作都像個感情過剩的辯護律師。

「她看起來真的很急，道歉了好多好多次，好像真的很對不起我們的樣子，還說繼前一天早退之後今天直接缺席根本不配當個人，淚眼汪汪地看著我……啊啊……那真是……」

雙頰潮紅的學姊抱著自己左搖右扭，看來那時的泰水真的可愛到無力招架。

「她的眼睛真的好像小動物喔……！有、有夠可愛的……」

我看著學姊臨場感四溢的獨角戲，思索裡頭有何玄機。

泰水的確是約我今天下午六點在這裡碰面，企圖依然成謎。再說，在那之前她又該身居何方，在學校裡挖個洞躲起來，還是隨便找個社團虛晃時間？神秘少女泰水的行動果然夠神秘。

只要不引起春日反感就好了。

「我在午休去餐廳的路上也聽說了。」

春日一屁股坐上團長專用椅，將書包往地上隨手一擱。

聽說什麼？

「就是今天社團活動請假啊。她說都好不容易成為正式團員了還盡不了團員的責任，像個含羞草鞠躬個不停，差點哭出來了說。」

怎麼這麼簡單就被妳遇到啦？想像那個陽光少女死命擺出低姿態的模樣之餘，我也埋怨起費了那麼大勁都找不到她的自己。

「妳有問她為什麼嗎？」

「我說阿虛啊，我既不是那麼不懂人情事故的人，也沒那麼愛挖人家的秘密。再說她進入ＳＯＳ團之後也沒有後悔想退出的跡象，應該是真的臨時有什麼抗拒不了的事要做吧。用寬大包容的心對待每一個團員也是我的原則呢。」

怎麼這個原則在我身上好像發揮得不怎麼完整啊？

明白多說無益後，我把書包擺上長桌，坐上平時那張鋼管椅。這時，我才發現社團教室內的景色有處不同。

團長桌後的窗沿上多了個陌生的物體。

朝比奈學姊察覺了我的視線，以現搗麻糬般柔軟的語調說：

「那是剛剛泰水為了請假賠罪帶來的。」

剛剛？那我怎麼沒遇見她？算了，這不重要。

那個剛剛好可放在窗框上的陶製窄口花瓶，插有一朵簡單優雅的美麗小花。

春日轉過頭去，上下打量著花。

「沒看過耶，這是泰水拿來的？」

「啊，對。」

朝比奈學姊重重一點頭。

「她說她覺得這朵花很特別，所以就帶來了，好像是昨天先走之後到附近山裡採的。還說那絕對很稀奇，一定要擺在社團教室裡，然後就像寶物一樣交給我了……」

昨天啊。既然泰水是先進門等我回家，那麼之後再上山，應該早就天黑了。如果是我們去了不少趟的鶴屋山（說起來附近也只有那座），就沒有任何人工照明，伸手不見五指。一個剛升高一的少女獨自在那種環境閒晃，也未免太危險了吧？

「……嗯～」

春日環抱雙臂，看著花說：

「好吧，就這樣。出題說要帶有看頭的東西來的也是我，那麼這朵花對泰水來說就是那樣吧。沒錯！像這種小地方也不放過，就是ＳＯＳ團新人該有的心意。看來我的入團考試真的能確實選出符合入團資格的人才，只要做成標準出題範例供學弟妹瞻仰，就算我們畢了業也不用怕找不到合適的新生了呢。」

我可不敢說，春日流ＳＯＳ團測驗也要到我們畢業以後才會生效吧。現在的入團資格只落在能在春日的消去法中倖存到最後的人身上，而春日看起來也不是真心想招收新人。坦白講，我根本不認為春日是真心歡迎泰水入團。就憑這一年來的相處心得，我已經練就從眉眼角度瞬間判讀她心中想法的工夫。她本來就是情緒全寫在臉上的人，而我和她的交情又足以看穿她的表情，所以我的春日觀察術提出的答案只有一個，那就是猶疑。

也就是說，春日對泰水的評價相當複雜，還理不出個答案。看得出來，她不像朝比奈學姊那般單純，確實感覺到了某些不尋常。

其實我也是。信都在我口袋裡頭了，卻還在想她潛入ＳＯＳ團到底要做什麼，說起來實在有點怪。

另一方面，朝比奈學姊的心情出奇地好，人在雲端似的，煮茶的腳步比平時更輕盈，精神也更集中，看來能找到一個開朗活潑又率真的同性後輩，真的讓她開心得無可自拔。

說起來我和春日，更不用說長門和古泉，對她而言都稱不上是個稱職的學弟妹，也不會有那種可能。在蠻橫的春日團長、木頭人長門和總愛獻些表面殷勤的古泉包圍下，她根本沒有擺出學姊架勢的餘地，就連我也常忘記她已是個三年級生。儘管學姊可愛到還像國中生，但泰水的稚氣卻比她更重，又小了兩學年，在她眼中一定更為特別。

看著學姊既期待又陶然地想著明天該教泰水沖怎樣的茶，我心中的淤泥便一層層地消解，但我仍不能只顧盯著ＳＯＳ團吉祥物女郎看。

啜飲學姊奉上的不知名藥草茶之餘，我瞄了瞄手錶。

離泰水指定的下午六點還有段時間，是該為了在社團活動結束後自然地回到這裡想點法子了。這時——

「嗨，各位好，抱歉我來晚了。」

古泉頂著一張有如粉刺藥膏廣告模特兒般的清爽笑容登場了。

「諸多雜事跟著春天一起到來，實在很累人呢。今年學生會長主持了不少和教師們統整意見的會，雖然不一定得參加，一旦扯到文藝性社團的統廢議題，我就非出面不可了。」

即便沒人問起，但古泉一進門就邀功，然後無視象棋盤面地將書包擺在桌上，步向窗邊。

「喔？真想不到。」

被語帶好奇地問起的，果然又是泰水帶來的那朵小花。

「這瓶花是誰送的呢？」

「是泰水喔。」

春日一邊戳著空下的茶杯一邊說，看得朝比乃學姊趕忙泡起茶來。春日這回想喝的似乎是普通的茶。

古泉手托下巴，用觀賞外星食肉植物般的眼神檢視那朵花和細瘦的花瓶。

「恕我失禮。」

他從制服外套口袋中掏出手機對花喀嚓喀嚓地猛拍，好不容易甘心後又按了按手機，似乎把照片傳到了某處。

「怎麼啦，古泉？」我問：「那該不會是真的是外星植物或毛地黃（註：二年或多年生草本植物，花似吊鐘，全株有毒，可提煉為強心劑）吧？」

「非也非也。」

古泉讓手機滑進口袋，擺出安撫式的笑容。

「這並不是有毒植物，看起來像是某種蘭花，讓我有點好奇。沒什麼，只是想做個確認而已，我想我多半是猜錯了。」

其後，長門繼續埋首於分上下集的厚重寫實小說，朝比奈學姊端著不知上哪兒弄來的特殊風味茶品在我等之間流轉，春日則是一股腦兒地打理著新生ＳＯＳ團網頁。附帶一提，春日的第一件網路工作，就是將佔了半面留言板的洗板地雷位址一個不留地點開，最後讓瀏覽器掛點。

這場抗戰在安裝了最新免費防毒程式後終於告一段落，而提醒學生離校的柔和輕音樂也開始在校內各擴音器間迴盪。

現在大約是下午五點半。

長門正好在這時闔上書本，所有人也以此為信號，各自準備打道回府。只有我是在演戲做不在場證明吧，不先清空這裡，和泰水的對手戲也開不了場。

當我們一同跨出校門，步下校園邊的坡道時，我決定把心一橫扯個畢生大謊。雖然我自己都覺得有點唐突，卻也想不出更好的藉口了。

「啊！慘了！」

走在前頭的春日和朝比奈學姊站定回頭，長門和古泉的腳步更是停得分秒不差，看來──哎，知道就好。

「我有東西忘在教室裡了，要趕快回去拿。」

我不否認我的語氣有點裝模作樣，不過春日──

「什麼啊，像你這種把課本擺學校的人，應該不會擔心忘記帶東西回家吧？」

平時的確如此，現在也是這樣，但我需要一個矇得過春日的藉口。

「其實啊……」
我用準備好的台詞小小賣個關子。
「我是把谷口借我的A書忘在抽屜裡了啦。」
「啊？」春日的眉尖急速翹高。
「雖然不太可能啦，不過要是被人發現就慘了，我現在就衝回去拿。啊，你們先回去吧。那是超珍貴的A書喔，聽說是已經絕版禁賣的珍本，要是被沒收了，我下半輩子大概每天要給谷口磕三次響頭。為了不變成谷口的奴隸，我說什麼都要把它拿回來。」
我的目光掃過啞然的春日、錯愕的朝比奈學姊，最後停在長門眼上。她似乎微微點了頭，就目視看來大概是千分之一毫米為單位吧。
真是有種罪惡感，應該編個更好的理由的。
「所以我現在要回教室去了，來回應該很花時間，不用等我了。」
我說完就原地打轉，以競走般的速度開始爬坡，這時春日的喊聲從背後追來。
「在淑女面前說什麼A書啊！白痴虛！」
誰是淑女啊？喔，明天再向朝比奈學姊道個歉吧，就這麼辦。

在這黃昏和闇夜的過渡期，校舍和操場都鮮有人影，誰也沒碰上的我直接來到社團教室，打開了門。

「謝謝你來赴約，學長。」

泰水就在被略顯昏暗的橘光充填的社團教室等著我。

她是我在午休遍尋不著，被長門論定非此校學生的神秘少女，也是以可愛征服朝比奈學姊，春日不知該如何處置的頭號新團員——

泰水的淘氣表情上漾著烤棉花糖般的柔滑笑容，開心地說：

「我就知道你一定會來。我相信你會這麼做，也想相信之後發生的事。」

先無視莫名其妙的謎語才是上策。

「妳找我做什麼？」

且讓我這麼問。能夠從春日的團員招選中脫穎而出的人絕不是普通人，這個預感絕不會錯。

「之後會發生什麼？」

泰水的答覆是聲輕笑。

「我也不知道。」

什麼？

「可是，一定很快就會知道了。」

泰水蓬鬆的頭髮搖了兩晃。微笑髮夾成了滿面甜笑，應該是視角錯覺吧。

泰水凝視著我，我的目光也沒從她身上挪開過。

不知過了多久——

有人敲響了社團教室的門。

β—11

星期五。

我高漲的氣勢似乎只持續到睡著那一刻。

老妹大清早的飛身撲殺，應該能歸類到最差勁的起床法那個類別裡吧。即便睡眠時間充足得可以，但在明知目的地卻有如迴圈的夢中無盡徘徊時被強迫回魂，身體仍然疲憊不堪，完全沒有休息到的感覺，反而更累。

至少讓我作完夢再出招嘛，我親愛的老妹。

「……啊……」

睡眼惺忪的我在床上坐起，一旁的三味線仍事不關己地頭貼著枕頭咕咕打呼。如果牠睡在被窩裡或上面，現在也成了老妹的犧牲品吧，不過此時不是感嘆貓比人更有遠見的時候，穿著睡衣的我乖乖下床。

難得的週末雖值得慶賀，但我逐漸濾去睡意的腦漿，仍記得有件足以左右我和SOS團命運的大事正等著我放學後去處理。

然而，若要真正提振我的心境，在肉體上或精神上都需要更明確的刺激。既然如此，北高前的長坡和收音機體操也許有類似功效。話說我小學放暑假時，一蓋完收音機體操圖章就會立刻回家睡到中午，那麼只要不放長假，爬這段坡說不定還挺健康的。我當初為什麼會把北高填進志願表啊？附近明明還有幾間不錯的市立高中啊。雖然為時已晚，但我還是想把國三導師抓來問個清楚，真是被大學升學率之類的鬼話給騙慘了。

「阿～虛～」

慣於早睡早起的老妹一大早就精神百倍，還使勁抱起不知被誰傳染賴床毛病的三味線。

「今天不是有很重要的事嗎？昨天晚上還要人家早點叫你起床耶，說不叫就不會再陪人家打電動了，才不要咧。」

我完全不記得自己說了啥，不過今天對我而言的確很特別。不是為了學校，也不是為了SOS團，而是要在放學後離開北高，和佐佐木以及她的怪跟班見面。

「啊……」

我看著老妹那張會被懷疑是不是小六生的幼齒臉蛋，和被抱得怪模怪樣的三味線打呵欠的樣子，意識緩緩明晰起來。昨晚和佐佐木電話對談的概要，逐漸在經睡眠整頓過的腦裡顯影。

和藤原做個了斷。

這個未來人回到過去和九曜跟橘京子結夥究竟所為何事？

和周防九曜做個了斷。

這個外星生命體為何要癱瘓長門？

和橘京子做個了斷。

這個曾綁架朝比奈學姊，尊敬古泉的近無害三流超能力者，是否真想推舉佐佐木為神？

我狹隘的腦袋裡還有其他問題。

喜綠學姊是真想完全不插手，即便天蓋領域想取代資訊統合思念體，也會貫徹她旁觀者的立場？

暫時復活了的朝倉涼子會坐視事態如此演變？

我再也見不到數度帶我回到過去的朝比奈（大）了？

古泉的勢力圈會有何動作？多丸兄弟、森小姐、新川先生又會怎麼辦？

「天曉得——」

我乾啞地發出無意義的語詞。

今天的確會有所變化，前所未有的大事一定就在放學後等著我。希望今天就解決個十之八九，還能在晚上泡澡時心曠神怡地哼著記得零零落落的西洋歌曲。喔不，我一定要這麼做。

如果不在今天搞定，我一定會積憂成疾，還要過著獨自在社團教室裡乾等的二年級新生活。

我的地盤豈能被他們搶走。

去年課間後腦勺那一撞，使我體內的歪曲齒輪與她從此契合。命運？這種詞就扔進中子星去吧。那只是春日有所期盼，而我也那麼希望，最後造成了「現在」這個結果。管他過去還是未來，現在我最該守住的就是現在這個現實，而不是未知的未來或外星常識。有意見就直接來找我談吧，寄信或簡訊也行，只要主意比我的好，我都會毫不忌諱地大大參考。

不過有一點絕不能忘，那就是決定權仍操之在我。無論是哪位智者的論文還是天才的意見，只要被我打回票就完全沒得談。

想讓我聽進去，就要有古泉級的金舌、長門級的信賴度或是春日級的蠻橫才行。

相信自己是世界第一的傢伙就洗好脖子儘管現身吧。

只是有一點得奉勸各位，如果你有那種自信或覺悟，還是先以自己的故事為重的好，說不定外星人、未來人、超能力者和異世界人就在你身邊呢。

擔心別人之前還是得先秤秤自己有幾兩重。這只是我小小的不負責忠告，要是有個萬一請自行負責。

踏進校門、在上課鐘響前進教室就座的過程仍舊與平時無異，依然在悠悠日常的範疇之內。

不過因長門連日缺席而心浮氣躁的正後方居民可就不算了。

長門病情以外的事，在春日眼中都像重播動畫的預告一樣毫無價值。在課堂上她不是喀喀咬著自動筆尾，就是被老師點名回答問題時，在黑板上寫下想讓人找塊羅賽塔石（註：製作於西元前196年的黑色大理石碑，於1799年由法國人於埃及港都羅賽塔發現，其上刻有埃及象形文、埃及通俗文、古希臘文三版本的埃及國王托勒密五世詔書，成為解讀失傳語言的關鍵）來的不明字串，精神簡直渙散到星幽界去了。班上同學對春日的怪異行徑只是冷眼漠視，看來春日完全活出自我風格也不是全無好處。不管好不好，成績自然會說話。

一到放學，春日敷衍了我幾句就衝出教室，大概是想用越野賽跑下坡訓練的速度，把朝比奈學姊拖進長門家吧。

長門的缺席就到今天為止了。要是見不到總是端坐在社團教室角落靜靜看書的嬌小團員，就沒有半點參加ＳＯＳ團社團活動的感覺。我們就是一個這麼緊密的共同體，誰也缺不得。只要回想去年種種就夠解釋了，我、朝比奈學姊和長門之所以會被捲入各種光怪陸離的大小事之中，也都是因為這層關係。連蒙在鼓裡的春日，也擁有根深柢固的團隊意識。你問我為什麼？我也答不出來。

是從棒球大賽開始的嗎，還是孤島之旅、玩到翻的暑假、和電研社的遊戲對戰？難道是在無可奈何的電影拍攝過程中感到了彼此的聯繫？或是幫助輕音社、聖誕節前我的住院事件、寒假的雪山遇難、文藝社vs學生會——

唉，也許以上皆是吧。曾幾何時，春日已和一年前的她大不相同。姑且不提身體的成長，精神面也或許還留有幾分當時的氣勢，然而就算我的洞察力比科隆群島象龜全力衝刺的動感還鈍，也看得出她已一階一階確實向上邁進。
儘管她還有拉著我的手或領帶東奔西跑的力氣，但她已經不是隻隨時會噴射全身武器的刺蝟了。
現在這樣，還真讓我有些孤寂。
不過，這應該是長門康復前的短暫現象。
那麼——
我就是這麼想的。
趕緊把事情清理清理，讓長門從那個蠢任務中解脫吧。這應該是一帖專治春日和長門，只有我能調配的特效藥吧。

「嗨。」
佐佐木揮著一隻手，迎接違規停車、總是在站前公園和人見面的我。她的笑容還是像日前那樣沉穩，似乎忍著不說話糗我的獨特表情多年不變，至於只要閉嘴微笑就不會破功的面容，倒是和春日有異曲同工之妙。
不管是春日還是佐佐木，如果更能製造一些讓男性切入的空間——不過我老早就不這麼想了。我一定是染上了某種蛾類趨光性之類的習性，才會在她們身上感到某種難以言喻且說不出口的超性別詭異吸引力。

看來邂逅春日、被她拉進只有長門一人的文藝社教室之後，我的眼睛構造就異於常人了。雖然性向應該沒變，但是我對自己也不算有多了解，這方面再交給古泉或國木田分析吧。

現在該想的，得以眼前的佐佐木和隨侍其左右的同夥為先。

這對男女各是身形嬌小、態度拘謹、自稱超能力者的橘京子，以及身材高挑、目中無人、面無表情的未來人藤原。再加上佐佐木，等待我的就只有這三個人。

「九曜怎麼不在啊？」

現下我最需要談的對象就是她，長門的問題也是重點。該不會只是肉眼看不到，其實她就在我身邊吧？也許是見我一臉疑慮，佐佐木跟著回答：

「在下聯絡不到九曜，目前行蹤不明。其實這也不是多令人意外的事，一直等下去也不知道該等到何時，乾脆就不管她吧。反正她一定會在必要時出現的，這點在下敢保證。」

「是這樣嗎？」

我將問題轉向藤原。

「……是啊。」

那副總是瞧不起人的表情似乎略為僵硬，說嚴肅也不像，倒是有點緊張或苦惱的樣子，輕蔑的冷笑已從嘴邊消散。

「她一定會來的。」

藤原以吐痰似的語調說。

「只要情況需要，不管在哪裡她都會出現，和任何人的意願無關。哼，真羨慕外星人能這麼自在。可能的話，我也不希望和她再有牽連。地球並不屬於外星人或你們這些過去人，你們在我們的時代只是等同於隨處可見的生物化石，想丟還怕找不到垃圾場呢。」

……聽見他的話還是那麼尖酸，我也放心不少，這樣就能毫不客氣地把氣全都出在他頭上了。

「那個，那個——」

橘京子從旁探出頭來，鑽進我和藤原視線中的殺意光束之間。

「我已經叫計程車了，趕快出發吧。啊、還有，謝謝你來赴約。」

見到她鞠躬哈腰到露出髮旋，我對她實在擠不出一點兒怒氣，看來她的組織真的很缺乏外交人才。等等，該不會她其實才是最高竿的吧？

算了，要懷疑還早得很。我還有佐佐木能靠，敵軍標記釘在藤原一人身上即可。九曜缺席也好，至少不必擔心朝倉突然再度復活。呃，該說是三度復活吧。

「那麼，請跟我來吧。」

橘京子動作僵硬地領著隊伍，像個新上任的車掌小姐。

她看起來相當緊張，在計程車搭乘處敲車門的手也很不自然。想不到的是，那好像真的是輛等客人上門的民營計程車，司機用體育報蓋著臉打盹。連敲了好幾下，司機伯伯才終於睜眼打開後座車門，佐佐木、我、藤原接連上車，橘京子坐上副駕駛座。

「請問要到哪裡？」

司機強忍著呵欠說。

「縣立北高中，謝謝。」

聽橘京子這麼說，我才知道今天的目的地。

「怎麼又要回去啦？」

計程車在我不住牢騷時出發，四人同搭一車，前往相同地點。一開始就說清楚，讓我在北高等你們來不就好了？

「我也這麼覺得。」

藤原如是說。

「應該不需要每件事都弄得這麼繁雜才對。不過……哼，這也是既定事項，不必為了這點細節冒險。」

「嗯──」佐佐木搓搓下巴：「既定事項啊。所以說我們四個一起搭計程車前往北高，對未來是個必須發生的歷史事實囉？」

「是啊。」

藤原答得很冷，還擺出別多問、我不想回答的臉。

橘京子在這時從副駕駛座轉過身來。

「你也想讓事情快點結束吧？那按照既定事項來做會比較好喔。」

她看著我說：

「呵呵，為了未來人的既定事項忙東忙西的經驗，你也有過不少吧？這也只是其中一項而已。」

藤原竟搶在我回嘴前開口。

「給我閉嘴。」

雖只是又沉又靜的幾個字，卻莫名地有震撼力，對橘京子更是有效。她臉色慘白地縮回座位，低頭不語。

車子瀰漫著淤沉的氣氛跑了一會兒，司機卻對這細微的變化好像不怎麼在乎──

「你們都是高中生嗎？年輕真好啊——」

自顧自地聊起天來。

「哎呀，我家小鬼也在今年春天升上小學六年級了說。他超愛念書，愛到讓我懷疑是不是抱錯小孩了呢。」

「是喔。」

人在副駕駛座上而必須陪司機哈拉的橘京子不吝應對，健談的司機也因為有了對象而邊開邊講。

——他有個熱愛科學化學、滿口專有名詞的兒子。雖曾試著讓他上補習班，卻被他嫌程度過低，只去了兩三天，讓他很傷腦筋。現在請了個住在附近的高中生當家教，但學校成績仍不見好轉。不過他就是愛念書愛得不得了，一有空就會在簿子上寫式子或筆記，但只怕那是單純的塗鴉。而那位家教也是採放任主義，真是不知道該怎麼辦才好——

橘京子重複著「對呀」、「是喔」、「嗯」、「這樣啊」等應付性回答，會挑到這樣一個愛聊的司機只是運氣問題吧。還以為橘京子會安排自家組織的司機，不過她們的財政狀況恐怕不像古泉的「機關」那樣寬裕，上咖啡廳還要打收據呢。話說回來，這位司機的聲音和故事好像似曾相識，但我懶得想那麼多，把注意力灌注在挾我而坐的兩人身上。

我對直愣愣地凝視前方的藤原問：

「這是什麼陷阱嗎？」

猶豫般的短暫沉默後——

「這才不是陷阱，只是為了做確認。我也不知道這代表什麼，只知道要這麼做而已。這是預定，也是結果。」

為什麼需要到北高去？又要去北高的哪裡？文藝社教室可沒人在喔。

「應該吧。」

佐佐木也需要去嗎？

「就是因為有，她才會在這裡。」

那九曜呢？她不是你們最得力的幫手嗎？

「只要有需要，她遲早會來。」

簡短應答後，藤原便化成雕像無聲無息，像隻沒有魔法就啼不了的木雞。

佐佐木接著開口：

「在下是好奇才問的。藤原先生，你是不是不喜歡汽車啊？」

藤原保持緘默。

「對於你所處的未來世界，在下只能全憑想像。不過，對於以燃燒石油的內燃機來獲得動力的交通工具，你是不是不太熟悉呢？」

藤原面頰一抽，說：

「不熟悉又怎麼樣？」

「不怎麼樣啊。」

佐佐木直爽地說：

「在下是很樂見科技向上發展的，未來自然有屬於未來的希望。這個時代的世界還有許多難題有待處理，在下也期盼那些過去的愚行已在你們的時代獲得消解。人類是渴望學習、一再學習的生命體，在下對於人類毀滅性的思想或技術能被高度科學輕鬆解決，依然抱持樂觀態度。怎麼樣呢，藤原先生？如果過去人心裡有這樣的期許，會讓你的看法改善一點嗎。」

「愛怎麼期許就怎麼期許。」

藤原眼帶煞氣地轉向佐佐木。

「創造未來的就是你們這種期許，還有你們過去人的天真。其他……呵，又是禁止事項啊。不過就算不是，我也沒寬宏到會告訴你們。」

「禁止事項……應該不是吧。」

佐佐木回擊：

「你說現在是既定事項，但你卻不知有何涵義，只知道行動計劃的概略是在今天這時候一定要把我們送進北高。至於會見到誰、會發生什麼事，你一概不知，只知道這是既定過去如此一個單純的理由，所以你才不想回答，不是嗎？」

藤原咯咯輕笑。

「真不簡單，要不是有這等見地，妳也不會被我們選為『容器』。佐佐木，我再次對妳的資格感到肯定，妳是這宇宙唯一的進化之鑰，遠勝於涼宮春日。妳應該很快就會體認到了吧，喔不，也許連那種時間也不會有。」

佐佐木皺眉瞪視藤原的側臉，而該名未來人仍是一派無事，使我發現自己暴露於動盪的氣氛之中。

「『容器』又是什麼，之前都沒提過吧？」

「你很快就會知道了。」

對我冷淡到極點的藤原說：

「其實你已經毫無用處了。只是違背既定事項並不明智，我也想將其保留至最小限度，所以才會找你過來。你就安分地作個唯一能見證這一切的過去人，盡情享受旁觀者的立場吧。」

我真的完全被看扁到連渣都不剩了，反擊一下也不為過吧。

「喂，藤原，你想讓自己的未來變成怎樣啊？」

沉默。

「我看那只是白費心機吧。」

我回顧著第一次不可思議搜尋之旅時朝比奈學姊的說明。

「時間就像是一張張靜止畫，縱使未來想干涉過去，那也頂多是想在其中一張早就定稿的時間裡加點塗鴉，和未來一點關係也沒有吧？」

沉默。

「老實說，我真的不知道你想改變什麼，不過你口口聲聲說著既定事項，就代表你不管在這個時代做了——」

「閉嘴。」

尖銳的聲音帶著殺氣騰騰的眼神刺進耳裡。

「過去人，你最好給我乖乖閉嘴。要是膽敢再囂張半句，小心我的禁止事項不再禁止。」

聲音冷得悚然，不像是開玩笑，我看來的確踩中他的地雷。

可笑的是，我凍結的心臟正鳴放著危機感。

要不是佐佐木隱隱輕拉我的衣袖要我作罷，我可能會就此被藤原牽著走。Thank you for telling me，佐佐木！

要是司機聽見後座三人組的危險對話，造成第三者沒必要的質疑——看來是我多操心了，司機正單方面對隨和地扮演忠實聽眾的橘京子大聊育兒經。

我雖有些同情，但她仍是ＳＯＳ團水火不容的敵人。假如這項看法漸被沖淡，那也絕不是受到籠絡，而是她的為人能在短期間讓我改觀的緣故，佐佐木毫不將她視為威脅更是參考要點。我相信佐佐木的ＩＱ、ＥＱ都遠勝於我，還有雙識人的眼睛。只要她在我身邊，事態應該不會惡化。

我的想法在這時還是對的。

計程車在北高門前停下，打開後車門，橘京子跟著付帳。

「啊，麻煩開張收據給我。」

聽著她低聲這麼說的我，在仍然敞開的校門前完成本日第二次通學。

天已昏暗，但運動社團似乎正收拾善後的聲音仍從校園裡傳來。

「等什麼，走吧。」

藤原一馬當先地踏進校內，橘京子也怯生生地將腳伸進他校領地。仰望著見慣的校舍自然進門的我，卻在幾步後站住了腳。

「這……這是怎樣……？」

我瞠目結舌地驚呼。

天空──

已染上一層淡淡的暗褐色朦朧光暈。

數秒前那片金星乍現的橘黃天空消失不見，被超自然的光線取代，輕柔婉約的淺色光芒覆蓋萬物。

我見過這種光。

就在日前佐佐木在咖啡廳約我見面時，被橘京子帶進的令人迷惑的世界裡。

那是空無一人，也沒人存在過的閉鎖空間，卻和春日的完全相反……

「！」

我身體還沒忘了猛然回頭的反射動作，然而──

這個動作也是白費力氣。

下車後，應該就在我身後的佐佐木消失無蹤，計程車本身也是。

距離僅有十幾公分的校門內外，是兩個截然不同的空間。

我站在全無聲響的世界裡，剛剛聽見的運動社團聲已不復聞，這裡是個沒有鳥鳴山風的靜謐空間。

在我眼前的，只有一成不變的校舍，以及間接照明般的暗褐色光芒從天而降。

我拔腿就往校門跑，卻被柔和地推了回來。

「這……！」

和春日一起被困時一樣，面前有道軟質的牆擋著，那只代表一件事——憑我一己之力根本離不開這裡。

「明白自己的處境了嗎？」

藤原的話聲從背後投來。

「這裡已經不是你的世界了，這裡的現實和常識和你所知的大大不同。」

我一轉頭就見到藤原那陰鬱的邪面。要不是橘京子憂心忡忡地站在一旁，我砂鍋大的正拳早就招呼在那未來渾小子臉上。他該燒柱香慶幸我有著深不見底的自制力。

「道個謝你就能滿足了嗎？」

「……是陷阱嗎？」

我使勁逼出一聲嗚吟。

「這可就難說了。」

藤原背對我含糊回答。

「我們連最終目的地都還沒到呢。來，快走吧。為了了結這一切，同時也為了我們的未來。」

藤原的側臉不懷好意。

「我真是得好好感謝佐佐木。要不是她，我還沒辦法成功把你帶來這裡呢，看來她還完全不知道自己只有這點用處而已。哎，別那麼生氣嘛，之後還有些非她不可的工作呢。在那之後我就會放她自由，到時候你們愛怎麼親熱我都不管。」

當我下定決心付諸暴力時，藤原卻以預料中事的語氣說：

「我們走吧。」

去哪裡？在這個閉鎖空間裡還能去哪裡？

「廢話。」

藤原抬起頭。

「就是被你們當作山寨的窮酸房間啊。」

用膝蓋想也知道，那傢伙的視線正射向文藝社社團教室的所在。

但是，為什麼？那間房裡究竟會有什麼？

「你應該知道吧。」

藤原的話近在耳邊。

「一切的元凶就是那裡。那就是讓各種勢力聚集、混合、相互影響的未來之鑰，喔不，也許該說是楔子。存在任何可能性，同時也妨礙了任何可能性的發展，那裡就是這麼一個同時進行著促進和停滯的地點。不過呢，你們過去人大概聽不懂吧。」

就是聽不懂，我也不想懂。

話說回來，為什麼各路人馬都對我們的社團教室那麼執著啊？獨守陷入廢社危機的文藝社的長門、佔據該社的春日、我在聖誕節前改變的世界中到達的最終目的地、從書頁間滑落的書籤、舊型電腦、湊齊的鑰匙、ＥＮＴＥＲ鍵、回到過去的我所來到的夏夜、七月七日。

然後，古泉曾說——

——因為那間社團教室早就異空間化了。幾種不同的要素和力量互相傾軋抵銷，反而使那個地方變得很正常，也可說是處於一種飽和狀態——

那會是事實嗎？

「橘京子。」

我差點沒忘了這裡不只有藤原。

「啊……喔，咦？」

「妳也知道我會被帶來這裡嗎？」

「……不，其實我……」

我知道自己從她身上得不到有用的答案。從她在一點兒也不熱的天氣裡流下的一渠汗水和胡亂揮甩的雙手，就能看出橘京子和我一樣，對眼前狀況反應不過來。

這麼說來，這都是藤原寫的劇本，而且在幕後張羅的恐怕就是九曜。

藤原彷彿是玩著單一路線的ＲＰＧ遊戲，在我的校園中朝校舍門口悠哉地跨步前進，不檢查就打開沒上鎖的玻璃門，沒換鞋踩了進去。我跟在他背後，心裡滿是無名火。

我對這所高中的怨言的確不少。和車站之間的漫長上坡、看似於創校時就用光預算且難登大雅之堂的老舊校舍、裝不起空調、牆壁不甚穩固、冬不暖夏不涼。能說嘴的大概只有被山野綠林包圍的自然環境，還有尚能一賞的夜景光點。但是再怎麼爛，北高還是我的母校。

這是我和春日、朝比奈學姊、長門、古泉、谷口和國木田等人共同生活，佔據我大半日常的空間。見到外人狂妄地侵入我的領域，教我怎能不氣？

更何況藤原還是我的敵人，為何我非得當他的跟屁蟲不可？我的怒火無限竄升，理由什麼的根本不重要。

然而最讓我難堪的，就是我現在非得照著他的話去做不可。現在的我一籌莫展，如果一味留在這裡要賴能改善問題也就算了，但我現在似乎不該那麼做。

明白藤原的目的和手段之前，無論這是不是陷阱，我都只能先跳再說。

這裡是佐佐木的閉鎖空間，古泉闖不進來，而長門仍臥病在床，春日和朝比奈學姊也不可能拋下長門瀟灑登場。最慘的是，重點人物佐佐木還不在我身邊。上次在咖啡廳裡的經驗已告訴我，佐佐木應該無法影響自己創造的空間。

在佐佐木製閉鎖空間裡的人就只有藤原、橘京子和我三個，周防九曜的不在場也不足以使我放心。長時間受到超常現象轟炸的我所培養的直覺指出，她一定就在附近，只是看不見而已。她必定潛伏在這個被微光包覆的校舍裡，靜待最最巧妙的登場時機。

換句話說——

我已是四面楚歌，看不到一絲反擊的曙光。

藤原扭過頭來，眼神像是看著戰俘。

「還不快走，難道你想遮眼塞耳就地蹲下？要我背著你走也可以喔，就當我免費送你的。」

「少廢話。」

去就去，不准你小看我們的地盤，文藝社兼ＳＯＳ團的社團教室。那裡是我們日常生活的重要空間，無論何時，只要去到那裡就會有轉機。

即便長門不在，破關關鍵也許就藏在某個角落，或者是其他意想不到的發現——

藤原和橘京子已在校園內恣意漫步，一副不管我跟不跟來的樣子。去你的，少把我當空氣。那個房間是屬於我們的地盤，是我們ＳＯＳ團全員的歸屬，豈能讓他人捷足先登。

我奮力挺起直發抖的膝蓋，追上他們。

第九章

α—12

時過片刻，有人敲響了社團教室的門。從那略為客氣又稍嫌粗魯的敲法看來，門後的仁兄應該還懂些待人接物之道。

我下意識地看了看泰水，但這位來路不明的一年級女生一臉滿足的笑，像個知道工程沒有延宕的建設公司監工。

……她是怎麼回事？

她早知會來的不只是我嗎？或者那就是她找來的？還是她知道誰在門後？

……我好像沒時間想這些有的沒的。

還不等房內應答，門把已然喀嚓轉動，門板跟著滑開，房間隨即開出一個矩形的口。

探入社團教室窗口的夕陽餘暉，映出了三道人影。

春日帶著朝比奈學姊和古泉回籠的可能性，就在此刻煙消雲散。

那三張臉並不陌生，所以意外性更是暴昇，讓我嚇了不知道多少跳，驚愕到罹患突發性失語症。

「什……？」

才吐出一個字，我的嘴就僵在原處。若是給我一面鏡子，我就能仔細觀察這榮登生涯前三蠢樣的表情了吧。

然而，已經沒那個必要了。

因為——

β—12

在藤原的帶領下，我來到了文藝社教室門前。

我沒有任何有用的預感。在沒有佐佐木的佐佐木製閉鎖空間裡，我似乎束手無策，大概有辦法的只有我身邊的橘京子，不過她和藤原是一卦的。即便她不安的神情不像是演戲，但我仍不認為她會陣前倒戈。

如果會，她就不會把我關在這個陷阱空間裡。

藤原沒再看我，粗魯地敲起社團教室的門。

他似乎不認為房中人地位較高或與他對等，完全無視禮儀地敲。

還沒等房內應答，藤原已將手搭上門把，將門朝房內推開。

由社團教室窗子射來的夕陽相當刺眼。在逆光的掩護下，室內的人影黑成一片，看不清楚。

但從輪廓推斷，裡頭是身穿北高制服的一男一女。

……但是……可是……

「唔……？」

門內外的低吟聲聽起來像是立體音效。

「……怎麼會這樣……？」

藤原壓低聲音說。

「……這是怎麼回事……？」

橘京子不掩訝異之情地說。

藤原繼續追問，話中帶有未曾流露過的情緒。

「周防九曜在哪裡？你們……不對，妳到底是誰……？」

想問清楚的應該是我吧，現在是怎樣？

還問九曜在哪裡咧，這不在藤原和橘京子計劃之內嗎？

我伸手遮擋陽光，推開呆立的藤原走進社團教室——

等等。

夕陽？

這裡應該是被微光支配的閉鎖空間吧，為什麼太陽會秉著下班前大無謂的樣子悠哉地散發暮光，透過玻璃窗將房內照得通紅？只有這房間與眾不同嗎？

只不過，這個疑問就在我認清房中兩人長相時被轟散了。

因為他們是——

α—13

因突然現於眼前的人物而啞然失聲的不只我一個。

三名不速之客也擺出三種驚愕表情僵著不動。

「……怎麼會這樣……？」

「……這是怎麼回事……？」

發出故障立體音效般驚呼的其中一人，就是不具名的未來渾小子。

今年二月，他在我和朝比奈實千瑠面前現身，還說了些瞧不起人的難聽話，最後出現在朝比奈實千瑠綁架犯的箱型車當中。我的年紀還沒大到會忘了那張有如幻術般消失的奶油小生臉。

另一位嬌小女性也非初識，含這次已是第三次見面。還記得她自稱橘京子，和古泉分屬不同的超能力者組織，是綁架朝比奈實千瑠的現行犯，而她好像也認識我的舊識佐佐木。

過了一陣子，她也出現於在ＳＯＳ團御用集合地點伴裝與我偶遇的集團裡。當時未來渾小子沒有露面，取而代之的是一頭怪髮的外星什麼鬼。不過她不在場，我想見她的意願也比曬棉被後留下的蝨子屍體還小，所以就隨她去吧，無所謂。

有所謂的是——

「……你是誰？」

我無法確定那句話是哪一邊說的。我說出口的和耳裡聽見的，沒有一絲偏差。

「你是誰？」

我又重複一次，而對方也在同一時刻，用同一腔調、同一語氣、同一聲音，說了同一句話。毫無任何節奏長短差異，完美一致。和剛剛的立體音效不同，兩道完全同步的聲音合而為一，打響了這個空間。

來到我和泰水所在的社團教室的其中一人——

是我自己。

而《我》也錯愕地凝視著我。

β—13

是我自己。

「你是誰？」

說不出第二句話的我腦中頭一個閃過的，是自己是不是又時間移動了的疑問。

至今已多次回到過去的我有此聯想並不奇怪。此情此景似乎讓藤原和橘京子非常震驚，到現在還像兩尊姿勢很沒品味的雕像。既然身為未來人的藤原會有此反應，此事想必非同小可。

等等，這還是說不通啊。

我的腦海裡，確實沒有半點有關「過去的另一個自己」碰上這般狀況的記憶。假如這真是時間移動的結果，那麼我遇見的就是未來的我。只要不是選擇性失憶發作，我能斷言自己從未和另一個我曾經這麼直接了當地見過面。

但《我》的反應卻不太對勁。

假如這個《我》真是來自未來，絕不會用如此驚恐的表情會見過去的自己，因為這對《我》已是既定事項了。在春日消失事件中，我在長門和朝比奈學姊陪同下回到過去，拯救了自己和錯亂的長門。要是《我》就是未來的我，一定會像那次一樣，對此事心知肚明。既然現狀似乎不是這麼回事，那這個《我》又是誰假扮的？

「啊……」

《我》發出一點聲響。

這聲音所含成分和情緒，讓我察覺《我》也明白了我剛想到的念頭。看來這傢伙就是貨真價實的我，不是來自過去或未來，和時間移動無關，而是某種特殊現象的結果。

我啞口無言地看著《我》身邊的少女。她是誰？穿著沒多加整理的鬆垮制服，頭上別著孩子氣的微笑標誌髮夾……等等，我好像──

一道電流竄過背脊。昨天在社團教室撞見的神秘少女和她擺的那瓶花，如特快車穿過眼前。

我眼珠一轉，那朵花就在團長席後的窗沿上。

兩者是相連的。

這個世界和我曾存在的世界並非全然不同。那麼既不是時間移動或時空改變，又會是什麼？

「呵呵。」

在如此事態中，那名少女臉上仍有不輸給她背後那朵花的嫣然一笑。

完全異常的入侵者。這個女生……到底……是誰？

《我》知道嗎？

α—14

我無法從《我》身上別開眼睛。

他就是我自己，不是來自未來或過去，和當下的我絲毫不差，徹頭徹尾的我。

對方似乎和我所見略同，我懂他陷入驚愕與疑惑雙螺旋的心境，因為我也一樣。

然後，他一定也這麼想。

——現在究竟是怎麼一回事？

還會這麼想。

——我身邊的泰水到底是誰？

畢竟對方就是我本身，這點反應從《我》的視線就能一目了然。

荒謬的膠著持續了好一陣子。未來無名氏、橘京子、我和《我》，全驚訝得說不出話。

每個人都慌了手腳，只有一個人除外。

「學長。」

泰水輕輕向前一步，稚氣未脫的臉龐笑嘻嘻地在我和《我》之間打轉，接著笑出聲來。

「泰水。」

我用乾得龜裂的聲音說。

「妳……到底是什麼人。」

泰水像個孩子「咯呵呵」地笑，牽起失去佇立以外所有機能的我的手。

接著，她也朝只能做出相同反應的《我》伸出手去。

《我》像是被磁鐵吸引似的抬起手臂和泰水相握，整個過程極為自然。

泰水雙手出力，拉近了我和《我》。

接著——

「是我啊，我是渡橋。」
說著，她半強迫地將我和《我》的手疊在一起。
下一刻，我全都懂了。

β─14

在眾人皆石化，連時間也幾乎靜止的空間之中，唯一還遊刃有餘的就是那位神秘少女。
「學長。」
少女輕輕向前一步，稚氣未脫的臉龐笑嘻嘻地在我和《我》之間打轉，接著笑出聲來。
「泰水。」
和我一模一樣的《我》，聲音就像是吞了乾燥劑般。
「妳……到底是什麼人。」
難道對另一個我而言，這名少女也是只知其名的神秘人物嗎？

名喚泰水的少女像個孩子「咯呵呵」地笑，牽起看似失去佇立以外所有機能的《我》的手。

接著，她也朝只能做出相同反應的我伸出手來。她的手似乎正邀人握住，充滿自然的歡迎之情。

我像是被磁鐵吸引似的抬起手臂，和名為泰水的北高女學生手握著手。指尖帶來的溫柔觸感，感覺上似曾相識。

泰水雙手出力，拉近了《我》和我。

接著——

「是我啊，我是渡橋。」

說著，她半強迫地將《我》和我的手疊在一起。

下一刻，我全都懂了。

最終章

「嗚哇!?」

我連這一喊是來自哪個我都分不清，也許是雙方同時吧。但我聽見的不是異口同聲也不是二重奏，純粹是由單一個體發出的叫喊。

緊接著，記憶的洪流磅礡灌進我的腦袋，全是些我未曾體驗，只能以異物形容的他人記憶。

我閉眼蜷身，下意識地掩住雙耳，也許是我的本能正為了別讓身體再接受任何外來資訊而嘶吼著吧。

「唔唔……」

和朝比奈學姊時間移動時截然不同的混亂感翻攪著我的腦漿。

未知的情景、未知的行動、未知的狀況、未知的歷史……和已知的情景、行動、狀況、歷史打成一團，如太極圖般糾結，使我置身於天旋地轉之中。

記憶就像開啟加速器的走馬燈，在緊閉的眼皮後不斷閃現。

——ＳＯＳ團全體看護臥床的長門——怒火攻心的我遇見九曜後朝倉復活並受到喜綠學姊

介入——和佐佐木、橘京子、藤原和九曜見了幾次面——被橘京子帶進微光中的佐佐木式閉鎖空間——接受春日的課後輔導——剛涉足春日的入團考試就慘遭淘汰的新團員候選人們——碩果僅存的渡橋泰水——泰水在社團教室接受朝比奈學姊的泡茶指導和修改網站——寫著ＭＩＫＵＲＵ資料夾曝光的紙飛機——只有一朵花的花瓶——不知名的花——

每樣都是我的記憶，沒有任何錯位或矛盾。

這是怎麼回事？

在新學期春風滿面的春日召集新團員。門可羅雀的社團教室。塞滿新進團員的社團教室。

我泡澡時打來的電話。對方是——

一切就是從這裡分了岔。

現在我所認識的渡橋泰水，是當時來電的陌生女孩。

佐佐木的電話，對我和ＳＯＳ團都相當重要。

就是那時。

世界就在那時一分為二了。

隨性的團員考試、嚴肅的世界講談。後者時序讓我一個頭兩個大。佐佐木的明亮閉鎖空間、周防九曜的太空驚悚小說級反應、朝倉復活、喜綠學姊的認真模式……

唯一的錄用者新團員渡橋泰水積極得詭異的行動力、反應冷淡的長門、賣關子的古泉……

兩種這一週來的記憶正在我腦內同居共處。

這是什麼情況。沒有孰真孰假，兩邊都是實際存在的記憶。除了自己分裂成兩部分渡過同一段時間外，我找不到更好的解釋。

那是因為我在兩段回憶內找不到一點異常。我絕不是對自己的記憶力有多自信，但親身經歷的事就得另當別論。

記憶共通處只到泡澡時佐佐木或泰水來電為止，其後便南轅北轍。

從那一刻到現在，我都一直過著兩段不同人生，而我也只能這麼想。

這兩段記憶正如基本粒子似的急速融合。神經突觸正啪滋作響的錯覺冷不防襲來，使我雙手抱頭。

「唔……唔……」

記憶猛烈旋轉的感覺不帶頭痛、噁心或暈眩，難以言喻。也許用太極圖上的黑白勾玉高速旋轉，融成一片灰來形容會比較接近吧。極端的雙色圖案混為一體轉個不停，灰色再也分不了黑白……

「……嗯……呼……唔……」

腦內颱風似乎終於過境。儘管僵成寄居蟹的我仍在混亂之中，卻已能聽能看，手拄一旁的團長席,哄著細顫的雙腳站直身子。

雖然意識尚有些茫然,不過我還有足夠的力氣環望社團教室。

這時我發現——

我又是單一的我了。剛剛還在的另一個我已不知消失到哪裡去,但我卻不覺得怪。問我為什麼?道理很簡單。1+1的確是2,但仍有例外。譬如在一座沙丘上混進另一座沙丘,產生的只是一座更大的沙丘。

符合現在狀況且和加法不同的算法,就只有乘法而已。1×2,這種問題小學生都懂,答案就是2。

另一個我消失了,相對的,我的體內有著兩人份的記憶。

一邊是長門健健康康、春日對自己的入團考試沾沾自喜、泰水也摻了一腳的生活紀錄;另一邊則是長門倒臥病榻、和佐佐木等人會談、被九曜攻擊、朝倉復活的連日記憶。

兩者在我腦中完全並列,而且一點兒也不覺得有所牴觸。太過明瞭的事實反而容易使人迷糊,同時擁有兩段相異的記憶,我真的不會因而錯亂嗎?

——不是那樣。

泰水爽朗地回答,卻也只有聲音而已。

——兩邊都是學長,沒有真假之分。只是各自有段稍稍不同的歷史,至於時間和世界還是相同的。

我朝聲音來向轉頭一看。

沒人。

渡橋泰水也消失了。和另一個《我》一樣，彷彿一開始就不曾存在，像燃盡的仙女棒灰飛煙滅般地完全消失。

到哪兒去了呢？如果是《我》，那還不難理解。

我們融合了。

在泰水讓我和《我》兩手交疊那一刻，我就在這時序上和《我》合一了，很單純吧。我們一開始就是人格相同的同一個人，只是因為某個過程或某人的想法而暫時分裂罷了。

也就是說，我只是恢復原狀。

那泰水呢？為什麼她也不見蹤影？還是上哪兒去了？在眾目睽睽下從門窗都還關著的密室中消失，是瞬間移動了還是根本就是個幻覺？

看來不是幻覺，藤原和橘京子似乎也見到了泰水。他們目擊異象般的驚惶表情絕對不假，而且從他們見到《我》的反應看來，這完全是突發狀況。

接著，藤原難得情緒化地——

「既定事項出錯了……？不可能……竟然有人能比我更早卸除禁止事項……？這到底會是誰……？」

聲音中滿是憤怒、迷惑和焦慮。

「不在預定裡的特異分子？我完全沒聽說過啊。是誰搞的鬼，誰找她過來的？」

藤原急躁地跺地。

「可惡，這不在計劃裡啊。九曜，妳在哪裡！現在是什麼情況？」

一道霹靂轟下。

射進社團教室窗戶的閃光打在室內所有人身上。唐突的閃電伴著無可言喻的色彩從天劈落，我反射性地向外看去，卻見到難以置信的景象，不禁驚呼：

「……天空、怎麼了啊……？」

天空已化為巨大漩渦。發出微微光暈的天空混同了灰藍色的暗光，描繪著有如銀河星團互撞似的怪異景象。隨處可見淺白明亮的光線和朦朧灰暗的觸手交互糾纏，為爭奪地盤而不停蠢動。色調有如在溶進顏料的水裡滴下墨汁，也像瘋狂畫家讓筆隨心奔走的成品。

不只是天空，中庭草皮、聳立的校舍和其間的走廊、滿是綠葉的櫻樹，被矩形窗口圍出的整個世界都被這兩種顏色填滿。

我知道淺色系的是怎樣的世界，因為我曾進入佐佐木在無意識中造出的閉鎖空間。
我也沒忘記自己在哪裡見過和此空間對抗的顏色。
就在春日創造的閉鎖空間裡。
佐佐木和春日的產物，就在這裡纏鬥著。
為什麼？我知道我和其他人剛剛都還在佐佐木的世界裡。橘京子特地到北高來，就是要把我困在這裡吧。
可是，春日的閉鎖空間又為何會憑空出現？春日應該在長門的公寓……喔不，正常應該在回家的路上……可惡，搞不懂。
更令人不解的是，我觸目所及的世界遍布著忽明忽滅的幾何形線條，那眼熟的圖案和朝倉創造的資訊操作空間裡的非常相似。
這個世界究竟出了什麼變化？所有異象都混在一起了嘛。這算什麼，到底是怎樣？
「——這是肇始，也是一切可能性的歧異點……」
陰沉的聲音撞進我的耳裡。一抬起頭，就見到黑得詭異的及膝長髮和黑色學生外套。
表情如羅馬時代雕像般僵硬的周防九曜，就站在藤原和橘京子之間，眼裡不帶一絲情感，但淺色的唇正以微動震盪空氣。
「——這裡不存在過去、未來或現在。物質、量子、波動、意志。對現實的認知。未來成為過去，過去成為現在……」

突然現身對九曜來講就像呼吸一樣平常，我當然不可能被這種事嚇到。

但在我抗議之前——

「妳背叛我們了嗎？」

藤原以肉食動物見到天敵的眼神瞪著九曜說。

九曜展顏微笑。然而對於這外星人製特務突如其來的表情變化，竟沒人多做反應。

「沒有。我來到這裡，這就是答案。」

「那這又算什麼？好像世界——」

藤原停下了嘴，如獲天啟似的渾身一僵，從喉嚨擠出聲音：

「——是這樣嗎？怎麼可能，已經分歧了嗎。到底是誰……」

彷彿是不給藤原下句點的時間——

喀恰。

社團教室的門無預警地打開了。

「嗨，大家好。」

來者帶著平時放學後那副翩翩笑容，舉起手打招呼，還對我眨了眨眼，我先反應也是理所當然的吧。

「古泉？」

「沒錯，在下正是古泉一樹，如假包換。原本想來點更戲劇性的出場方式，例如破窗而入之類的，可惜已經沒有時間考慮了。」

這真是讓我最不想用「驚」這個字形容的瞬間，第二名就是「愕」吧。這麼一來，我又該用哪個詞兒呢，我想我已無力思考。

古泉一樹本尊大步而入，審視似的朝我、藤原和九曜匆匆一瞥，最後用面對親妹妹的眼光看著橘京子。

遭古泉直視的橘京子的驚嚇度似乎不在我之下。

「怎麼可能！」她顫抖地尖聲喊道：「這裡明明是佐佐木同學的閉鎖空間啊，你怎麼可能進得來！」

她的反應就像見到該滿分的考卷被打了大×的資優生。

「非常遺憾。」

古泉如舞台劇演員般深深一鞠躬。

「這所學校的範圍，已經不只是原來那個封閉你們的世界了，自己看看窗外吧。」

不用看了，我早就知道外頭已經灰色暗褐色攪成一團。春日和佐佐木的閉鎖空間混合的世界——只能這麼想的世界充斥整個窗景。

看來橘京子也不是沒察覺。

「那怎麼可能，在這裡涼宮同學是……」

話剛出口，橘京子就望向虛空，如聽見天敵腳步聲的母鹿般身子一顫。

「難道剛才那個女生……原來是這樣嗎……？」

聽起來像是悟出了些什麼，但我仍一頭霧水，為什麼只有我一個聽不懂啊？光是不讓自己迷亂的手抱住腦袋就讓我耗盡心神了說。

然而，我接下來才發現考驗我精神耐力的事態還在後頭。

不速之客不只古泉一個。

從長腳副團長背後晃身而出的人物，讓我看得腿都差點軟了。沒有一屁股跌坐在地，應該得歸功於那日復一日的登山上課所自然鍛鍊出的強健腳力。這雖是我入學以來第一次對那條要人命的通學路表示感謝，不過我要再次強調，我的腦汁只為了處理身邊方圓數公尺內的視覺畫面就快沸騰爆炸了。

所以，對此人的登場，我的心和口當然無法立刻反應。

「你好，阿虛。」

擁有白襯衫搭窄裙的典型女教師造型所遮不住的魔鬼身材，已助我N臂之力的妙齡女子，正對我投以始終如一的慈愛笑容。

「……朝比奈小姐，妳怎麼會在這裡……！」

我絞盡腦汁也只擠出這種問題，證明我頸部之上已經堵得亂七八糟。

她是大人版朝比奈學姊，簡稱朝比奈（大），也就是我的朝比奈學姊成長後的模樣。貨真價實的未來人從古泉背後輕巧走來。

「我是請古泉同學帶我來的，我想你應該知道入侵閉鎖空間是他的能力之一吧？」

我不禁想起古泉拉著我踏進街道中的閉鎖空間那一天。洋菜凍般觸感的閉鎖空間外壁，也各在古泉或春日的陪同下體驗過一次。

「本來是想從掃具櫃裡出場的……可是只靠時空間移動進不了這裡呢。」

朝比奈（大）半開玩笑地說。輕吐舌尖的誘人舉動依然令我神魂顛倒，再加上每一分每一吋，都不斷替與四年前七夕再三相見時相同的曼妙曲線打廣告的豐胸翹臀……

高中少年超能力戰隊副團長，將在這瞬間被走馬燈幻覺勾了魂的我當作路人，宿願終償似的和身旁人物對話。

「總算能一睹朝比奈小姐的廬山真面目了，真是榮幸之至。能見到妳比過去氣色更佳，我也深感欣喜。現在妳身上的管制層級應該已經沒那麼嚴格了吧，還望妳不吝賞臉，陪我促膝長談一番。」

「並沒有，我也是才剛知道這個最高級的極密禁止事項。原來在此一事件當中，我也是一顆棋子呢。」

聽這句話要不了多少時間，但是想弄懂恐怕就要無限長了。什麼跟什麼啊，我一句也消化不了。

還有人在操縱著遙控朝比奈（小）的朝比奈（大）嗎？會是什麼角色啊，比朝比奈（大）更高層？朝比奈（特）？現在是不是不該想這些啊？

「喂，古泉。」我低聲問：「你是哪邊的古泉？」

「兩邊都是，方才我已和自己融合了。真要分的話，應該算是α那邊吧？」

α？那又是什麼暗號？

「抱歉，那只是幫助分辨的代號而已。包括你在內，我們SOS團每個人現在應該都有兩種記憶。一邊是忙著招新考試的悠哉歷史，另一邊是長門同學病倒使得SOS團實質機能缺損的過去。我個人為了區別，便以α、β稱呼前後兩段記憶，有覺得任何不妥嗎？」

沒啦沒啦，要A要B還是N都隨便你，反正都合成同一條了。

古泉依序看了看藤原、橘京子和九曜，並咯咯發笑。

「看來事情和各位打的算盤差得很遠呢。可是現況就是這樣，我們也不希望被人當作省油的燈。你們對涼宮同學了解得還不夠多。我想你們也是經過充分研擬和思索各種對策，才敢執行如此大膽的計劃吧。可是涼宮同學——我們所敬畏的團長閣下，是不會被半調子未來人、急就章的超能力者組織或者才來地球沒幾天的外星菜鳥成功偷襲的。就算她真的不是神，也仍是究竟有無神力都無法解析的犯規級人類呢。」

古泉手探進制服口袋，拿出一張少女風便箋。

「這是我今早在自己鞋櫃裡發現的，能替我唸出來嗎？」

我代表在場眾人接過便箋，唸出唯一一行字。

『請在下午六點到校門口來。』

署名是——渡橋泰水。

收到信的不只我一個嗎，為什麼連古泉都有？

「β的我其實正跟蹤著你，也就是被佐佐木、橘京子還有那位未來人士帶來這裡的你，而α的我則是依約來到校門。那時兩邊的我都看到了一樣的東西，那就是這個閉鎖空間。由於毫無前兆，所以我還挺訝異的。此外，這位朝比奈小姐就在校門前喊住了β的我，然後在帶她進入閉鎖空間之前，遇見了獨自赴約的另一個我。之後的事你也應該猜得到，就是我們在碰觸的剎那合而為一，同時理解了一切。」

「那就是你的負擔呢，古泉同學。」朝比奈（大）說：「然而，你的確也是必要的人物之一。」

「開什麼玩笑！」

藤原激憤的吼聲在房內迴響。

還以為他是被古泉的長篇大論磨盡耐心，但他的尖銳目光卻像把雷射手術刀貫穿了朝比奈（大）一個。

藤原怒火中燒，身體顫得臉都歪了，和之前用鼻孔看人的他相差甚遠。我還是頭一次看他情緒表現得如此露骨。

「妳……妳竟然妨礙我到這種地步！就算世界分裂成兩個，妳也想確保那種未來嗎！」

「時間平面早就定版了，再怎麼竄改，我們的未來也不會改變。喔不，是不允許改變。」

朝比奈（大）一副有所苦衷地說。

「當然能變，只是妳辦不到而已，無論是我還是這裡的哪個人都不行。但是涼宮春日卻擁有那種力量，只要運用她的能力，就能完全更新我經歷過的一切時空間資訊。」

藤原繼續說：

「從現在一直到未來的時空連續體也能完全、完美地改寫。那是一次修正所有無限連續的時間平面，不是逐一修補那麼簡單啊！」

語畢，藤原吐盡五臟六腑似的垂下頭去，喃喃地說：

「我……我不想失去妳啊……姊姊。」

真是語出驚人。啊？什麼？姊姊？朝比奈小姐是藤原的姊姊？所以藤原就是朝比奈小姐的弟弟……但是我所知的朝比奈小姐的言行舉止之中，不帶有任何那種跡象或是半點味道。那該不會是藤原費盡畢生心血鋪的搞笑梗吧？

朝比奈（大）搖搖頭，栗色長髮也隨之悲愴地擺盪。

「……我……沒有弟弟，同樣的，和你互為姊弟的我也不存在。一旦失去的過去……和人……是不會再回來的。」

朝比奈（大）的答覆讓混亂之火燒得更旺，藤原臉上的嚴肅也深了幾分。

「所以我才會來到這個時間平面，來到這個人類誇耀自身愚行、我們想忘也忘不了的膚淺過去。我會和外星智慧聯手也都是為了挽回妳，否則我哪會和那種東西——」

「你就忘了我吧，TPDD不該用在這種事上。其實我們都不屬於這裡，你應該曉得這個時間平面、涼宮同學有多重要吧。要是沒有她，那我們的未來……」

「我都明白，所以才會想在第二種可能性上賭一把。未來需要的不是涼宮春日本身，而是她的力量。只要能轉移到其他人身上，就能得到更多選項，而我的幫手橘京子，也找到了合適的人選。」

橘京子的肩頭又動了一下。她看了藤原一眼就低下頭去，泛淚的表情映入我眼裡。

我似乎完成了拼圖的一角。

原來是這樣，那就是佐佐木的角色啊。

「那個女孩子比涼宮春日更好控制，再適合我們也不過了。我們能因此獲得無限的可能性，不必拘泥於既定事項，甚至不用再理會。讓我們掌握未來的選擇權就是我的目標，姊姊，我想選擇有妳在的世界啊。」

他到底在自作多情什麼啊，真想送他一塊「白痴」匾額回家掛掛。現在我已經知道朝比奈（小）有多純潔善良了，無論是未來的考量還是春日或佐佐木的利用價值，她真的一無所知。那便是最可貴的屬性，絕不只是個花瓶。朝比奈（小）是最最最可愛的未來人，唯有她肯為我們這個時間帶站台，不會想改變過去，也不會想控制春日。

對，就從這裡開始想。如果我能回到過去任何一個時間點並自由行動，一定會利用自己所知介入歷史。十年、百年，倒退得越久就越難違抗那種慾望。

然而朝比奈學姊什麼也沒做，只是從未來翩然現身，任憑春日擺布而已。到現在我才知道，這個只有朝比奈學姊能勝任的職務有多艱難。要是藤原和朝比奈學姊立場對換，ＳＯＳ團也成不了軍吧。

「不行。」

藤原再次開口。

「姊姊，不管世界變成怎樣，我還是想改變失去妳的事實。」

「在你時間軸上的那個人並不是我，我沒有弟弟。」

「都一樣。既然妳已經不在我的時間軸上，當未來時間軸必將交會的那一刻來臨時，妳就一定會消失。」

「我想未來是能夠改變的，就連不讓未來改變的行動也是。」

我真想褒獎我沒漏聽這句話的耳朵和大腦。

什麼？朝比奈小姐剛才說了什麼？

「怎麼可能。妳眼中的未來，在更遙遠時間的其他觀測者眼中也只是過去。確立的事實必需永保不變，妳自己不是也很清楚嗎？」

「這就是我們所努力的。」

「但是，我們能回溯的過去就只到這個時間帶的四年前，也沒有修正時間平面的機會了。既然這一定會在某處造成破綻，那乾脆趁現在觸發它不是更好嗎？」

「我不允許你那麼做，你知道自己在說什麼嗎？」

「沒人比我更清楚。為了確保應有的未來而不斷修整時間平面的，不只是你們而已。沒錯，我就是在說ＴＰＤＤ。」

藤原彷彿忘了其他人存在似的接連著說：

「它之所以又被稱為雙刃劍，是因為要讓時間平面保持正常數值而不得不使用ＴＰＤＤ回溯時間時，時間平面也會遭到破壞。用ＴＰＤＤ修補時間裂縫當然不是件簡單的事，不過我們在作業當中也發現了幾個現象——我們改變不了過去或未來。」

「那你來到這裡又是為了什麼？」

「就是為了現在這一刻。時間是由當下的瞬間、剎那的光陰堆積起來的，所以只要讓構成『現在』的要素一直到未來都不斷變化，一層一層修正時間平面就夠了。」

「那是不可能的。你知道消滅既定事項需要耗費多少能量嗎？」

「當然可能。我說過很多次了，只要利用涼宮春日的能力就辦得到。」

「啊……咦……？你們到底在……」

橘京子跟不上事態演變，甩不開錯愕的表情。

藤原完全漠視那位可憐的少女，再續前論。

「那樣就能一口氣改寫從這個時間平面到未來的整段時空連續體，中間的歷史無關緊要。只要我們的未來能立定這段時空，以後多的是時間回覽過去。」

藤原臉色微青地吞下口水。

「而且，『那種事』涼宮春日早就做過了，遠在我們來到『這裡』之前……」

「那是無可饒恕的暴行。你……你的時間軸計劃的是一項重大的時間犯罪。」

朝比奈（大）的滿面哀容之中帶有幾分無可置疑的寂寥。

在這未來人之間的問答當中，古泉忽然以不解風情的戲謔口吻插嘴說：

「抱歉打擾二位爭辯。朝比奈小姐，我真的很高興能見到妳。也許現在說聲『幸會』有點怪，不過我仍想趁早說出口。」

「古泉同學……」

朝比奈（大）就像是強迫自己抬起視線似的望向古泉。

「朝比奈小姐，對妳來說，妳我的邂逅應該是不久前的事吧。」

「也許吧。」

朝比奈（大）有如發現檢察官話中陷阱的證人，綻開古典雕像般的笑靨。

「古泉同學，我什麼也不能告訴你。你的危險程度是過去人當中最高的，連現在的我也對你有多項禁制。縱然說得出口，也不是出於我個人的判斷。你是個聰明絕頂的人，就算是無心之言，也能聽出豐富的資訊。憑良心說，我真的很想和你敘敘舊呢。」

「我了解。這些話透露的已經夠多了，包含我是什麼角色以及未來對我的看法。就算是謊話也無妨，分析情資的工作請交給我來處理。朝比奈小姐，我想我應該向妳道謝，多虧有妳現身，我才明白自己該做些什麼。妳會來見我，想必事態極為嚴重，而我也必須面臨同等嚴重的問題。即將發生的事不是妳能獨撐大局的，還需要我的力量。喔不，應該不只是我，涼宮同學的力量更為重要，不是嗎？」

「明知故問並不是種好興趣喔。古泉同學，儘管我從以前就這麼覺得了，不過你的確是STC檔案裡最無可替代的人類。所以才會被拉進SOS團，才會被涼宮同學選中。」

「我已經體認到了。剛開始還有點半信半疑，能用偶然的產物來說服自己，但是我已經不再有所疑慮了。我和SOS團是一心同體，長門同學和年輕的妳也是。那麼長大了的朝比奈小姐，妳又會怎麼選擇呢？返回未來讓妳知道了什麼，又為何要干涉這段過去和從前的自己呢？希望妳能表明自己的立場。」

「那是禁止事項……要是我這麼說呢？」

「只會心想『這樣啊』而已。假如我回到過去，被當時的人問起同樣問題，我也會那麼回答吧。只是——」

敏銳的目光均等射向朝比奈（大）和藤原。

「希望兩位別小看活在過去的人類，我想我們並沒有那麼愚昧。儘管全人類並非都是如此，可是實際擔憂未來的現代人是絕對存在的。」

古泉眼中帶有我不曾見過的攻擊性鋒芒。

「拜外星人將事情鬧大之賜，雖然只有一些些，但我也增長了些許知識。涼宮同學的能力……改變現實的能力，並不是永久的吧？雖然使用不會造成衰減，但也不會永遠跟著她，也就是總有一天會消失。我說錯了嗎？」

「這個嘛……」

彷彿是駁回朝比奈小姐的含糊之詞似的——

「妳並不會被迫做出選擇。只要那些人想做，便會不計代價操縱妳，以達操縱涼宮同學的目的。她的能力是可以轉移給別人的，之前長門所做的就是一例，我想這位外星人小姐也辦得到吧。」

輕蔑的視線打在圖騰柱般佇立的九曜身上。

「也許這些話由我說來有點狂妄，不過我怎樣也憋不住，就請讓我暢所欲言吧。」

古泉深吸口氣，再度顯露本性。

「請你們不要太小看地球人，我們並沒有那麼愚蠢。無論資訊統合思念體或其他外星智慧想怎麼說，我們還是有我們的見地。至少，會有所作為的人還多得很。」

接著對應屬敵方的未來人投以混同笑意與挑釁的眼色。

「你的看法也和我一樣吧，『藤原先生』？」

「廢話少說。聽見你那些自以為聰明的蠢話就讓我想吐。」

藤原應其所言般吐出這些話，眼中帶有玉石俱焚的覺悟。

我腦內警笛大作，紅黃迴轉燈閃爍不止。不妙，他已經點燃自爆的導火線，就要崩潰了。

如此預感有如震度九地震掀起的海嘯，鋪天蓋地而來。

這一切，全寫在藤原陰鬱地喃喃自語的臉上。

「……我太傻了，一開始就該那麼做的。呵呵，和聽不懂的人浪費再多口水也沒用，九曜——動手。」

所有人都提防起來，只有九曜連眼都沒眨。

「怎麼了，九曜？履行妳的承諾啊。」

藤原專橫地命令道。

「快殺了涼宮春日。」

在這種狀況下冷靜咀嚼了那衝擊性字眼的我，還算是冷靜吧。

容器。沒錯，春日的能力是能剝奪的，長門已經做過了。

容器。只是，即便能轉移給任何人，也要經過適當挑選。

容器。現在，最接近春日的是誰，已經沒有多說的必要。

想移除那種神力，最直接的方法就是奪去她的生命，屍體是做不了任何判斷的。不過這種特殊能力彌足珍貴，丟了實在可惜……外星人、未來人和超能力者都會這麼想吧。

然後，容器的合適人選出現了。那人不像春日那樣任性，也沒她搞怪、難捉摸，更不是SOS團團長。只是個比春日正常得多的和平主義者，我過去的同學。

佐佐木。

如果一開始春日的神力就在佐佐木身上——這樣的問題，我也曾稍稍想過。

藤原想殺了春日，讓佐佐木成為新神。佐佐木不會像春日那樣胡來，雖然不一定會對藤原言聽計從，但我相信藤原和九曜一定能讓她那麼做。手段不外乎洗腦、改變人格，或是……找個人質要脅她。全世界都淪為人質也不無可能。

還是說，那會是我？我會變成他們的籌碼嗎？

這群狗雜碎，真是些下三濫的低級人渣。

與其讓佐佐木吃這些苦頭，不如就讓我在這裡奮力一搏吧。古泉和朝比奈（大）的助陣更是無上的強心針。我雖真心希望長門也能到場，只是她大概還下不了床，否則應該會伴隨九曜出現。都到了這地步，讓朝倉還是喜綠學姊代班都行吧？

來啊，給我過來啊！怎麼還在裝死？真是些外星飯桶，下次見面一定要把她們掐個半死。

藤原催趕九曜說：

「快停止涼宮春日的生命跡象，妳不是說妳辦得到嗎？」

「————」

九曜不改茫然神情，唯有鮮紅的唇詭譎地蠕扭。

「——有種現象阻礙了我的轉移。而且，現存於這個時空連續體的涼宮春日，有三層針對我的護壁包圍著。另外，我無法離開這個閉鎖空間，你的命令碼有執行上的困難。」

藤原嘖了一聲。

「臭娘們，都到這種地步了，妳不會告訴我想這樣就算了吧？」

「我說有執行上的困難——」

九曜的長髮騷然蠢動。接著見到的是紅光閃耀的眼眸，還有翹成V字形的唇，「壞女巫」三個字霎時飆上我的大腦表層。

「——但是……我能把目標召喚來這裡……對，就像這樣——」

她舉起纖細的手臂，對社團教室窗外伸直手指。

含我在內的所有人都跟著轉頭。

「唔……！」

我連奚落自己不禁驚呼的心情都沒了。

因為——

在三樓高的社團教室窗外，團長席後方數公尺空中漂浮的就是——

「春日！」

那不是別人，正是這短暫的高中生活一年來天天見面，霸佔我背後課桌和文藝社教室的領主兼同班同學，身穿學生制服的ＳＯＳ團團長。

我毫不猶豫地上前開了窗。我敢保證，自己是目不轉眼不眨地看著她。

「春日！」

沒有反應。浮在空中的春日睡著了似的毫無防備，雙唇微張、兩眼輕瞑，像個只會呼吸的物體。我看不出那是真的只是在睡還是遭到強制手段失去意識，她四肢垂下有如毀損的人偶，我的呼喚扒不動她的眼皮。

「──閉鎖空間外的涼宮春日已經被我強制轉移過來了。在那裡的，就是被此處所有人稱為涼宮春日的物體，我將以此履行承諾。」

「還沒吧。」

藤原轉過身去狠瞪九曜。

「我要的是涼宮春日完全死亡，不是把她活捉來這裡。」

「──很快就會實現了。」

九曜無機的臉龐染上了薄薄紅暈。

「若由此高度墜落地表，人類將在此行星的重力加速度下受到致命傷──並遭遇大質量物體大氣層內最原始的死法。我判斷，要停止有機生物的生命維持系統，這是最符合自然現象的手段。」

「原來如此。」

藤原雖不太甘願──

「繞得還真遠，不過既然是天蓋領域的想法，我就予以尊重吧。」

說完，他轉向了我。

「看到了吧，過去人，要殺那個ㄚ頭就是這麼簡單。好了，你想怎麼辦？快告訴我你怎麼選吧。要讓涼宮春日當場斃命，還是讓你親愛的佐佐木成為新神，你自己決定。」

這恐嚇還真是粗糙，演技也很拙劣。

我心中怒海又滾滾翻騰。這未來人和外星人真不是普通的蠢，春日會是我吠個幾聲就會改變的嗎？這樣就把殺啊死的掛在嘴邊，是哪來的渾小子在撒野啊？看到未來人這副德性，真讓我對人類前途絕望不已。我怎麼能把未來交給你這種爛貨，混帳東西。

少看扁我，少看扁現代地球人，更不准你看扁春日。

「快住手！」

朝比奈（大）傷悲地說：

「那一點意義也沒有，你想引發未來浩劫嗎？那是航時法之中最重大的罪啊。」

「當然不想。但是比起我的時間軸，我更想要全新的時間。就算我自己可能消失，我也要拚一拚。姊姊，妳會留下來的。不對，我會讓妳留下來的，因為那是我唯一的願望。」

藤原不懷好意地咯咯嗤笑。

「九曜，替這些駑鈍的觀眾樹立一個更簡單易懂的象徵吧。」

九曜一語不發，身形不動，只有那雙望著春日的眼中散發出微微的光芒。

社團大樓三樓外，漂浮在中庭上空的春日開始改變姿勢。上半身抬升起來，腳底朝地，兩手也被左右拉起，橫展兩側。接著黑影般的物體從她背後空中滲出，漸漸形成一個世界共通的詞語——十字架。

你們……這又是哪齣……

春日就這麼貼在漆黑的十字架上。

無意識的她低垂著頭，眼睛如熟睡般閉著。她看起來相當痛苦也許只是錯覺，但我確信她並不想受這種罪。

而且，藤原和九曜還下了她的死亡宣告——

他們是白痴啊？我看上個世紀的三流漫畫裡，也沒有哪個廢材角色會用這種擺明是反派才耍的手段。若說在遭十字架刑的少女面前沾沾自喜是種三流行為，那麼對我露出訕笑嘴臉更是爛到掉渣。露骨到這種程度，已經是搞笑或鬧劇的領域了。好冷，真是冷斃了啊，藤原！謝謝你讓我完全明白你沒有演戲或表演的才能，和這個時空裡的生物相比真是低能到不行，連矽藻都強過你。

只是爛歸爛，效果倒是挺直接的，應該吧。

「王八蛋……！」

我從敞開的窗口挺身伸手，但依然搆不著。然而我還是想抓住她，將她抱回社團教室，拍打她的臉讓她醒過來。

再怎麼說，我都不能放任藤原和九曜為所欲為。別以為我會簡單放過你們，一定要打到你們魂飛魄散。

藤原似乎是看懂了我憎惡得發狂的眼神，挑釁地說：

「看到自己最重要的人被當顆棋子擺弄，你有何感想啊？無論你之前怎麼想，對我們來說最重要的就是涼宮春日，其他人一點價值也沒有。我對你以後想死去哪裡完全不感興趣，也不認為有什麼意義。我們在涼宮春日身上發現的，是唯一能決定任何事態的能力。只要能轉移到其他容器，管她有無意識，也不再具有任何價值。」

我咬牙切齒到連門牙都缺角了，我絕對饒不了這渾小子。

「等等！」

朝比奈（大）哀痛地喊。

「沒有證據能說明那就是涼宮同學本人，也許那只是幻覺、逼你決定的假象也說不定。」

「不，不是那樣。」

古泉斷言道：

「就算能騙過其他人，對我還是不管用的，好歹我也是涼宮同學無意識下的產物。在那裡的睡美人並非幻影或複製人，正是百分之百的涼宮同學，是我的、我們親愛的團長本人。」

是真的吧，古泉應該不會騙我，在這時虛張聲勢也沒有好處。那我到底該怎麼做……！

「——」

九曜默默不語，像是在等人下令。

「……啊……唔？……那個……」

橘京子嚇得支支吾吾，腦子根本追不上急轉直下的劇情。

「看來是沒得談了。」

鐵了心的藤原沉靜地吐出黑鴉鴉的聲音。

「我就讓涼宮春日作古好了。安心吧，剩下的工作有佐佐木來繼承。對你們過去人來說，世界不會有任何改變。你們就儘管享受沒有涼宮春日的生活，等著衰老而死吧。」

真的只能認了嗎？沒其他辦法了嗎？

我對朝比奈（大）投射求救的目光，但女教師裝扮的大人版朝比奈學姊卻只是淚汪汪地低下頭去。我不知道她和藤原問答中的姊姊弟弟代表什麼，更不明白真理站在誰那邊，只曉得自己似乎理解了藤原的目的。那麼，朝比奈（大）的計劃就是要阻止他嗎？會只是那樣嗎？

將幾乎在問號漩渦中滅頂的我拉回現世的，是同伴的清爽聲音。

「辦得到的話就請儘管試吧。」

意外的人物吹響反攻號角。古泉站到藤原面前，似乎想堅決推翻未來人的春日抹殺計劃，表情卻莫名地從容。

該不會古泉有什麼對策吧？

先說清楚，我可沒冷靜到會乖乖看著春日從三層樓的空中直接摔死。

我既沒有機會說點話耍個小聰明設陷阱，也無法臨時編個理由矇過他們。可惡、可惡、可惡，真是窩囊得自己都想哭。

如果在這裡動動粗就生得出辦法，要我豁出去都行，只不過我所有經歷都顯示，血氣方剛的男高中生不曾用暴力解決過什麼問題。假如佐佐木在場，也許還說得倒他，要是長門還是正常模式，我就不必顧忌九曜了。

對方擁有壓倒性的優勢。即使能忽略嚇得縮起身子的橘京子，周防九曜這個令朝倉和喜綠學姊兩位外星聯繫裝置都感到棘手的完全異質外星人，也在與藤原聯手下，將這個房間化為地雷區。

背後有人推了咬緊牙關的我一把。

「拯救身陷荊棘叢的公主，一直都是王子的職責喲，或者說是義務吧。」

古泉聳聳肩。

「至於被綁著就會乖乖就範的公主，我一個也不認識呢。對不對？」

是啊，的確沒有。不過古泉啊，我還有痛扁藤原的大事要辦呢。

「我能代勞嗎？」

古泉右掌上浮出一團排球大的紅光。

「現在的我有種成為超能力漫畫主角的感覺。既然機會難得，就讓我在最後表現一下吧，這說不定是讓我圓夢的最後機會呢。」

雖然他笑咪咪地說，心裡一定氣炸了。

也好，就讓給你吧。不偶爾讓你幹點粗活，身體可是會生鏽的。

古泉輕拍我的肩。在他半推半送的掩護下，我再次從敞開的窗邊將身子探向被狂亂天空映照著的中庭。

窗沿離空中的春日還有數米之遙，伸手也碰不到，我該怎麼拉她進來？

難道——

「九曜！」

藤原刺耳地大喊。

「動手！」

同時，春日脫離了十字架的束縛，無力地深低下頭。像個被免除刑責的聖人般慢慢地、極為緩慢地，朝正下方的中庭石板地頭下腳上墜落。

「春日！」

我什麼也沒想，先後、回憶、義務、正義都沒有，也沒有必要。我大腳一踢窗沿，衝向空中。彷彿受到不知來自何方的升力推送，我在落地前抱住了春日，像長了翅膀一樣。之後呢，就是順著地球重力一起墜落，而且頭部朝下。

春日比我想像中瘦多了。從沒認真摟過她的我當然不知道她是圓是扁，不過經這麼一抱，我才發現她竟是如此纖細——輕巧。

那溫暖柔軟的觸感，讓我真切感受到她就是本人，的確是那個剛升高二、正處於全盛青春期的少女。

那就是睡美人的真面目。現在，我懷中閉著眼緩緩呼吸的這個女孩，保證就是在我死後也會名留青史的涼宮春日。

她是春日本尊，不是九曜製造的幻象或任何人準備的贗品。藤原為了要脅我，真的拿春日當肉票。

他是玩真的……藤原，你想要的就這麼值得你做到這種地步嗎？你眼中的未來願景，是如此值得讓我窺見你不願失去朝比奈小姐這麼一個不穩未來的鳳毛麟角，還要把春日填進死亡名單嗎？

此時此刻，我只看得見一個人。

抱歉了，古泉、朝比奈（大），我的眼已顧不得你們。

涼宮春日。

她是以團長之姿支配社團教室的帝王，桀傲不遜且自信無限的樂天派。能耍弄任何人、突破任何困難，就像顆由航母戰鬥機彈射器拋向終點線的保齡球。現在，我的視野只容得下我唯一上司的睡臉。

啊……

地面越來越近。不知是否因為春日不省人事，她全身癱軟，還熱呼呼的。古泉說得沒錯。凹凸有致的纖細軀體、窄得教人吃驚的肩膀、熟悉的獨特香氣，都是屬於這位我比誰都了解的涼宮春日。

人類從高處墜落時，撞擊到要害便會死亡。若順著這樣的重力加速度由頭部落地，迫降在石板上的頭蓋骨會有何種下場，想必不用多做解釋。

我是不是太急啦？應該先鋪個墊子或背上降落傘的——

其實我根本沒有反省的時間。我能動的腦筋，只有讓自己轉到春日下方，盡量為她吸收衝擊這一點點罷了。

劈開大氣的聲響敲著我的耳殼，就要落地了吧。

我閉上了眼，緊緊地。

我環抱春日，用盡全身力氣，緊緊地、穩穩地。

與跳樓自殺無異的自由落體過程，短到連欣賞走馬燈的時間都沒有。我緊閉著眼，不願去看逼近的地面，一心祈禱大地之母能在這時顯靈，安穩接助我倆。

然而——

在我準備赴死時，一片藍白光芒滲進眼瞼底下。

「!?」

千鈞一髮之際，我在落地前一刻感到自己被柔軟物質包覆起來。

睜開眼睛。

我和春日周圍滿是藍光。囫圇掃視四面八方後，發現我們正浮在石板地上方數公分處，某個發出藍光的物體化解了衝擊。

向上一看，一面巨牆一直延伸到滿是紛亂花紋的天幕裡。

「這是——！」

喔，不對。這是……《神人》。

這名輪廓隱約繚繞淡淡藍光、孤獨地恣意破壞眼前建築的灰色空間支配者——《神人》，就站在中庭裡。

「怎麼可能！」

藤原的聲音從遠處傳來。

「為什麼那會在這裡……」

《神人》的巨掌接住了我和春日。

那是因春日的焦慮具體化而出現的閉鎖空間虛假之王。我絕對忘不了那個遠高於校舍的微光巨人，在春日的閉鎖空間內作亂的模樣。

我們就躺在他的掌心裡。

《神人》想做的應只是拯救即將摔死的我們，不會有他。

可是，為什麼《神人》會出現在這裡？產生源已失去意識，這又是混種的閉鎖空間的世界，縱然《神人》能夠出現，我還是很難想像這個春日無法控制的神人會像個忠僕拯救她。

當我從《神人》軟綿綿的手中仰望社團教室時，一道橘紅色的爆風正好衝飛了窗沿，看來古泉終於發飆了。藤原就算了，希望朝比奈（大）和橘京子都能平安無事。

「嗯……」

春日在我懷裡扭動身子，微張的櫻唇洩出輕微呻吟。

《神人》回應似的舉起另一隻手，握起拳狠狠搗進社團教室——

這時，時間滯留現象席捲了我，一切都像是慢動作。

仰望空中的我，注意到社團大樓屋頂上有個小小人影。

那制服鬆垮、頭髮略捲的女學生剪影——就是渡橋泰水。

在兩個我融合時消失的新團員一號，就站在沒護欄的屋頂邊緣俯視我和春日。臉上表情在這光線朦朧的空間裡並不明顯，但我敢肯定她在微笑。

泰水敬了個拙拙的禮，便抬起頭望向前方。

我的視線跟著往社團大樓另一邊的中央校舍轉去——但這一切似乎已到了盡頭。

視野忽然歪曲，可是前一刻，我看到了眼前的校舍屋頂上有三個人影。一個短髮、一個長髮、一個居中，都穿著北高的學生水手服……

妳們都來了啊，說得也是……喜綠學姊、朝倉，還有——

已經合一的長門有希。她沒賴在病床上，一如往常靜悄悄展現活力。她們三個應該不會沒發現時間軸的分歧，想必資訊統合思念體早就知情……就像無止境的八月那時，在世界外側觀望著。

自始至終，她們一定都在觀察著包含我們和她們自己的一切……

「……！」

眼前急速翻黑，漂浮感讓我的神經開始錯亂，就像那個一樣。我已經體驗到煩了的時間移動前階段的暈眩感再次出現。

就在意識完全斷訊前，泰水的影子對我輕輕搖了搖手。那是能充分表現離別的行為，只是對象是我還是那三位人形聯繫裝置，我想再也沒機會問了……

就這樣吧。我緊抱春日，希望無論流落何方，我們都能在一起。

黑暗。

接在漂浮後的是墜落感。我的手更加使勁，不讓我倆分散。

我似乎聽見朝比奈（小）的聲音從遠處傳來。

咚。

「呃啊！」

衝擊竄過尾椎，屁股著地真是糗爆了。我睜開眼睛，卻因光線刺眼而連忙閉上。習慣陰暗的眼還來不及調整光圈。話說回來，這又是哪裡？根據視覺以外感官帶來的資訊，我的臀部和撐住自己的手所感到的似乎是草地，聽見的是摻有眾多年輕男女話聲的嘈雜。

我怯怯地瞇出一條縫。我果然就坐在寬闊的草地上，四周隨處可見學生模樣的紅男綠女，而且都穿著便服。有些人結伴而行，也有情侶在翠綠草皮上依偎。

「怎樣？這裡是哪裡？我跑到哪裡去了？」

草皮另一頭有座鐘塔般的建築，還有讓北高相形見絀的現代化校舍。走在路上像是學生的人群都比高中生成熟得多，這裡想必是某座大學的一角。風很暖和，還是春天嗎……

能在短時間推敲出那麼多，我的表現已經很出色了吧。可是一想到自己為何在此出現，我又頭痛起來。

「怎麼啦，阿虛？」

熟到不能再熟，這輩子根本沒必要多花力氣辨認的女聲從上方落下。

癱坐在地的我抬起頭來。

「春……」

我說了一個字就整個傻住，連揉眼都忘了。

略為成熟的春日就在眼前。頭髮比我記憶中的長了些，身上穿的好像是春裝，色彩輕柔。披在肩上的針織小外套真的很適合她。不對，什麼成不成熟，我認識的春日才剛升高二耶。

可是我怎麼看，這個春日都是幾年後的模樣，看起來——呃，該怎麼說呢……對啦，就是裡裡外外都有所成長了。

「你到底怎麼了啊……」

「春日」端出陪笑式的微笑，我突然一陣暈眩。

「阿虛，你把以前的制服拿出來穿，是想做什麼呀？……咦，你怎麼好像變年……咦？」

話沒說完，春日就像是有人喊她似的轉過頭去。

「咦？」

視野再次發黑。

的確有人喊了春日，春日也訝異地對那人應了些「是怎樣？怎麼那邊也……」之類的話，接著又轉頭回來。

「咦？」

那應該是錯愕的表情吧。

但這時，我的意識迅速淡去，站在草皮上的春日遠離了我，像某種攝影技巧一樣。我們都沒動，只是距離拉遠，接著黑暗從兩側逼來。那是一道門，時間的意念要將我帶回應在位置所開的門。

當黑牆完全閉合之際，我看到春日的唇織出了幾個字。

——阿虛，改天見。

涼宮春日溫柔地微笑道。

踩空般的墜落感和教人分不清上下左右的漂浮感，再度擾亂了我的平衡。

剛才的是夢還是幻覺？其實，我知道這就是所謂的時間錯亂。在七夕相關事件中，我往返了過去和現在好幾次，百聞不如一見這個成語已深深烙進我的肉體和精神之中。雖然總是習慣不了，每次移動都使我想起自己的三半規管有多脆弱，不過呢，要是被懸吊系統老舊的車載進羊腸山路左搖右甩，任誰都會這樣吧？我的胃袋都快翻出來了。

這段黑暗中的墜落到底會持續多久呢……

到下個轉移點並沒有花上多長時間。終點站是短暫的墜落，緊接著感到一陣讓我全身撲倒、抵抗重力的反向煞車，然後整個人撞上一團帶有奇特彈性的物體，衝擊讓我清醒過來。

「唔啊？」

清醒在比喻或現實上都沒用錯。先前都像身處不按牌理的夢境般，伴隨著揮不去的非現實感，但現在已完完全全地清醒，有如經過適度睡眠後的早晨般爽快，甚至能輕鬆想起剛作了什麼夢。算了，那不重要。

就算我現在的思考能力如此明晰，想把握現況還是得花個三秒左右。

「……？這又是哪？」

我發現自己人在陰暗房間的床上，並立刻察覺這不是我的房間。別人家特有的陌生芬芳刺激著我的鼻腔。那是種香甜的氣息，和老妹房裡的有點像，但依然不太一樣，我這輩子絕對沒看過也沒進過這房間。

所以這是哪裡？我到底摔進什麼地方？

「……你在……幹麼啊？」

壓低的聲音從正下方傳來。

雖然刻意小聲還帶點責怪。但我當然仍認得出來是誰，那是我幾乎每天都聽得見的聲音。

我盡量放慢低頭的速度。

春日的臉就在我正前方。房間雖暗，但鑽過窗簾縫的街燈光芒，仍足以讓我看清她臉上那空前驚愕的表情。

附帶一提，我現在就像條狗，隔著被子用兩對手腳壓著仰躺在床上的春日……要是有其他陪審員在場，一定會二話不說地全場一致通過判我有罪。我看像這種情況，狡辯的空間比一顆天蛾鱗粉還小吧……

「……這裡是……」

我終於發現，原來我到現在都沒踏進春日家半步，更別說團長香閨了。簡單來說，我的確不知道這裡是哪裡，沒辦法兩三下就反應過來。不過春日人就在這兒，因此用消去法就能得到唯一答案。

這是春日的臥室、春日的床，時間好像是三更半夜，也難怪穿睡衣的春日眼睛瞪得宛如見

鬼似的。

「阿虛，再怎麼說你也……」

我也搞不清楚狀況啊，春日大小姐。哎呀呀呀呀，我再怎樣也想不到自己會直搗貴府香閨的床上來呢。

「等一下！」

春日尖聲輕喊。

「趕快把眼睛閉……先給我待在棉被裡！」

春日慢慢爬起身來推開了我，用被子蓋住我的頭和視線，窸窸窣窣地不知在做些什麼。

我趁隙把頭上被子翻開一條縫，窺視房中擺設。這可不是色心作祟啊，只是覺得有件事一定要仔細確認一下才行。

我想找的物體就擺在床邊。

那是個出現在誰房間也不奇怪的電子鐘。春日畢竟不是江戶時代的古人，枕邊放的當然是鬧鐘，不會是公雞。

幸虧春日偏好的是會標示年月日的機種，鐘面數字表示再過不久太陽公公就會探出頭來說你好了。

日期是五月某日。

欸？所以是怎樣？在《神人》掌心被藍光包圍時還是四月中旬傍晚，只要春日的鐘還沒錯亂，那麼——天啊，我跑到比前幾分鐘快轉將近一個月的未來了。

雖然我有多次穿梭現在和過去的經驗，但闖進未來還是頭一遭。到底是誰逼我前進未來的啊？是朝比奈（大），還是《神人》的未知能力？

春日還在窸窸窣窣。布料摩擦聲告訴我她在換衣服，但是我的注意力不在那裡。

我的視線停留在牆上的簡樸月曆。標示著現在、今天、這個就要天亮的日子的黑色數字，被一個擺明是春日自己用紅色麥克筆畫的小花圈了起來。在兩個圓外頭補上花瓣的標誌，就是誇獎幼稚園孩童繪畫作品般造作醒目。

我很清楚那是什麼紀念日，因為我也在自家月曆五月某日上做了類似記號。

她果然還記得，而我當然也是。一年前的那一天，對我和春日而言必定都是如一年級開學典禮般終生難忘的大日子。

因為那天就是——

這時，窗子發出小小的敲擊聲。

我和春日同時挺起腰來。春日已換上便服，扯下我頭上被子後什麼也沒說。她對敲響窗戶的人似乎更感興趣，大步來到窗邊，而我也來到她身旁。

原來涼宮府是獨棟樓房，而她的房間位在二樓。我怎麼會現在才知道這種事啊？

拉開窗簾向下一看，街燈映照中的涼宮府前，有三道人影。

我絕不會認錯，他們是朝比奈（小）、古泉和長門。

對於我和春日的反應，古泉故作無奈地攤手，朝比奈學姊兩手在胸前十指相扣。長門雖像平時那樣直立不動，卻已卸下我心頭的大石。

春日輕輕開窗，戶外一片寂靜，剛剛的閉鎖空間已不知上哪兒溜躂去了。會在這樣的住宅區裡製造雜音東奔西跑的，大概只有送報員一類吧。

古泉對不約而同地屏息並立的我和春日輕輕揮手。

才剛看到另一隻手上有個小包裹，古泉已將它高舉過頭，扔了過來。不知是否經過長門加料，小包裹畫出平緩的拋物線，俐落地穿過好球帶落進我手裡。

那是個精美包裝的小盒子，緞帶下夾了張卡片，上頭有行在微光中也能看清的字。

『歡慶ＳＯＳ團成立一週年，全體團員特此向團長閣下獻上一年份的謝意。』

由全體團員共同寫下的句子有著不齊一的字跡，我自己的也在裡頭，只是沒有印象。唉，這不重要。

……對，我跨越時空而來的這一天，正好是ＳＯＳ團宣布成立滿一週年的日子。一年前春日靈光一閃，在上課中讓我後腦挨了一撞，下課又把我拖進樓梯間，在午休直奔文藝社教室，放學後發表霸佔宣言，更在隔天把朝比奈學姊綁架過來。

——以後這裡就是我們的社團教室了！

——讓世界變得更熱鬧的涼宮春日團，簡稱ＳＯＳ團！

那就是這個神秘組織的誕生瞬間，而其成員還盡是在北高內灑下宇宙規模麻煩因子的神秘人物。

是嗎，古泉、長門、朝比奈學姊？

我來到這裡就是為了完成這件事嗎？

「春日。」

我捧著禮物包裝的盒子，轉向春日。

「嗯……怎、怎樣啦。」

她應該早就明白這是怎麼回事，只是裝蒜而已。她不停偷瞄我的臉和小禮物，黑眼珠大刺刺地游移不定，就像個考慮該如何接受分紅的寶藏獵人小跟班。

這時候就要用直球決勝負啦。我將附帶卡片的玉手匣（註：浦島太郎中龍宮城致贈主角的寶箱）遞給春日。

「這一年來辛苦團長了，今後也請妳特加厚愛。」

「笨蛋。」

說著，春日老實地收下禮物，眼睛刷過卡片後把小盒子緊抱入懷。才覺得空氣變得有些濕潤──

「阿虛，你從哪裡進來的啊？」

呃……總不能說是從大門吧？

「當然是從屋簷爬進窗戶啊，幸好妳沒上鎖，不過門戶安全還是多注重一點比較好喔。」

竟然能兩三下瞎扯出一大串，真佩服我自己。

「哼，這也誇張過頭了吧，要是爬到一半被人報警不就慘了。」

春日笑中帶淚，目光卻忽然停在我腳邊。

「你怎麼穿學校室內鞋進來啊？快點脫掉，地板都被你踩髒了啦。」

差點忘了我剛剛還身在北高，而且妳也是呢。不過沒差，看來被時間跳轉吞噬的只有我一個。

春日看著我急忙動手脫鞋，接著靠到窗邊看看站在院內步道的三人組，刻意呼地吐氣。

「要給我驚喜也該挑個正常一點的時間吧。其實我真的有點期待你們會不會給我什麼驚喜，不過會在大半夜叫醒我，真的作夢也想不到呢。」

「否則就不算驚喜啦，想嚇到妳就得這樣做。」

我只是臨時順勢補上一句，但說服力倒是挺夠的。多虧春日平常老愛胡搞瞎搞，我們偶爾偷偷犯點大條的也能用一聲驚喜矇混過關。

淚水在眼眶裡打轉的春日忍不住低下頭去。窗戶到底有沒有鎖一定早就無所謂了，因為我就在這裡。

「阿虛。」

春日湊近了臉，粉唇在我耳邊低語。

「我帶你到門口，不要發出聲音喔。」

她的氣息搔得我都快叫出聲了，好在有忍住。

是不想讓家人發現吧，春日躡手躡腳地步下樓梯，像個開金庫高手打開自家大門。

至此，我才終於和等在門外的團員們正面相對。即使大家在深夜的住宅區裡一句話也沒說，但表情道盡了一切。雖然我現在還是一頭霧水，但一切似乎都很圓滿。

長門遞出我的寶貝運動鞋讓我換穿。她一往如昔，沒為發燒所苦，和不斷默默讀書的正常長門一樣沒有附加任何表情。

朝比奈學姊——當然是（小）——憂心地看著我和春日。在我豎起大拇指後，她才鬆了一大口氣，換上笑容。

古泉像是甫自深夜的便利商店補貨回家似的悠哉地說：

「涼宮同學，很抱歉這麼晚還打擾妳，我們實在拗不過某人高唱的強硬要求呢。」

為什麼要看著我說啊。

算了，我了。我盡可能輕鬆自然地說：

「既然要給妳驚喜，不趁妳睡覺時偷襲哪有可能啊。」

不知春日是否聽了進去，她依序掃視朝比奈學姊和長門的臉後說：

「可是……還是謝謝你們。」

抱著那盒小禮物的她笑得連滿月都失色了。平時像顆巨大恆星光芒四射的笑容，現在卻像一輪沉靜的月，讓我……該怎麼說呢……沒事，我只是默默地望著春日。

烏鴉叫冷不妨地從某處傳來。死烏鴉，我可不記得要你製造音效啊。

這叫聲讓春日從禮物抬起頭來。

「已經很晚了，我們社團教室再見吧。對了，裡面是什麼啊？」

「敬請享受拆禮物的樂趣吧。另外，選禮物的就是這位夜闖貴閨房的入侵者喔。」古泉如是說：「哎，其實啊，是他要求全部自己來，所以我們只有扮演見證人的份，說不定連這個必要也沒有呢。」

我狠踩古泉的腳尖，終於止住他的舌頭。

所以選禮物的就是前幾天的我囉？這點考量我也不是不能理解啦。

春日靜靜回到玄關，途中一再回頭。

「回家路上要小心喔。特別是實玖瑠和有希，你們兩個男生要負責送她們回去。聽清楚了嗎，這是團長命令。」

她以懂事得教人意外的低音量說完，就回到了自個兒家裡。

她也會顧慮到家人和鄰居啊？還是有乖巧的一面嘛。

和春日分別後，我和其他三人漫步在杳無人煙的夜路上。

現在是五月中旬，被約進社團教室和藤原和九曜對決、與春日一同墜落在《神人》掌中軟著陸，對我來說只是剛剛發生的事，之後往未來移動了將近一個月的時間我也能理解。這對老是以年為單位來來去去的我來說，已經不怎麼震撼了。然而，其中仍有個新鮮的發現。

那就是我來到了未來世界，這的確是個全新的體驗。

「就是那樣呢。」

古泉一派輕鬆的嘴臉真令人吐血，那是來自他莫名的好心情嗎？

「所以說，我還要再移動回去嗎？」

「是的，要是不那樣做事情就麻煩了。」

「那個，呃——」

朝比奈學姊小手略舉。真不愧是時間移動專家（見習中），一五一十地為我說明了現況。

她說——

被《神人》解救之後，我就移動到了將近一個月後的未來，也就是現在。

因此我還得再度返回原來時間不可。執行人是朝比奈學姊，發車時間就在不久後……

我往長門看去，一雙胡桃鉗人偶般的眼也回看著我，完全感受不到之前被春日看護時那種病懨懨的樣子。

「不能用時間凍結讓我睡到那時候嗎？」

「不能。」

「那並不適合解決問題。」

長門即刻回答。

古泉，你解釋一下。

「其實現在還有一個你呢，就是從現在移動到一個月前之後又返回現在的你。」

和另一個自己融合真的一次就夠受了。

「那算是特例。那次是你分裂成兩個人，而時間移動造成的是兩個完整的你。只要你繼續留下，這種雙重存在就不會消失。」

朝比奈學姊從旁探出臉來。

「而且那樣會違反既定事項……要是不回去就糟糕了。你回到原來時間這件事，對我們來說已經是既存事實了喔～」

這樣啊。這個時間還有一個我，就是我已經回到原來時間的證據。從這時前往過去又返回的《我》，就是我必須成為的《我》。只有一個月啊，跟三年比起來真是微不足道。

「雖然帶現在的你過來也沒關係，不過他堅決拒絕和另一個自己見面呢。所以現在才只有我們三個。」

也對，我的確會那麼做吧。

「還有，他要我對於要送涼宮同學的禮物內容保密。等你回到原來時間後，再慢慢想要送什麼吧。」

古泉戲謔地說：

「請別忘了交代一個月前的我們今天該做些什麼喔，我想你應該也忘不了吧。」

「…………」

長門又變回完完全全的木頭人，真是太好了。

「過去的我也會為你詳細說明的，事實上我已經做過了呢。」

「嗯，我一回去就問你，在社團教室可以嗎。」

「不必，其實我們是在其他地方見面的。至於地點就讓你自己決定吧，不用想太多喔。」

我又轉向長門。

「…………」

貫徹緘默主義的少女什麼也沒說。最後一刻在屋頂上見到的三道人影之一，無庸置疑地就是長門。古泉所說的α路線中，長門一如往常，還要我儘管去赴泰水的約。

其實妳什麼都知道吧？泰水的真面目和神人出現的原因都……

可是，長門仍默默地轉過身去，和擺手道別的古泉一起走遠。

就相信古泉好了。據方才所言，他已經向一個月前的我解釋過了。

我對剩餘兩人其一的朝比奈學姊說：

「那我們走吧。」

「好！」

朝比奈學姊似乎是因為自己能有所作為而雀躍不已。可能真是那樣吧，總是只能盲目遵從某某上司指令的她，首度掌握具體的時間移動主導權，也難怪會這麼開心。

不過在那之前——

「朝比奈學姊。」

「什麼事？」

「妳有兄弟姊妹嗎？特別是弟弟。」

「嗯哼？」

朝比奈學姊玉指托唇，送出絕美秋波。

「我的家庭成員也是特級的禁止事項喔。」

呃，說的也是。

逆來順受到習慣的時間移動無重力暈眩感很快就結束了。大概是一個月真的比三年短很多吧，這次快了不少。

總之，當我再度睜眼，我已回到自個兒床上。

在我枕頭上睡大頭覺的三味線嚇得跳下床滾了兩翻，豎起尾巴惡瞪著我。我看著牠轉了轉頭，想當然爾，朝比奈學姊不在這裡。

先看看時鐘。

四月某日星期五晚間八點左右，我凱旋返回我的小窩。

就在短短兩小時前，我在文藝社教室被捲入攸關世界和未來命運的滔天大事。除在場人士外，會聽我一本正經地說完並相信的大概只有佐佐木一個吧。不過我也不打算拿出來說嘴，就隨它去吧。

我伸了個特大號懶腰，嘟囔出慶祝自己回到常軌的碎語。

「好吧，洗澡睡覺囉。」

就讓我的腦袋在週末好好放鬆一天吧。

尾聲

下星期一，世界又回到往日和平。

長門自自然然地到校上課。其實她發燒臥床和在團員考試期間默默啃書的兩種記憶都還在我腦裡，但說也奇怪，我到現在仍怎麼也不覺得有哪裡矛盾。

對我而言，兩段歷史皆為事實，無分真偽。兩段都是同時發生、確實有過的事。

若要回想古泉所註之α版本那一週，我能輕易勾勒出泰水的容顏，若換作β，與佐佐木的交流也歷歷在目，兩者互不混亂。意識只專注在我所想的一側，另一邊的行動也不會突然冒出來。

冷靜心神集中思緒後，我終於能將兩段一週逸事扯上點關聯，同時在腦袋裡打轉，使兩者如雙螺旋階梯交錯。腳步雖同，卻絕不會相交，但起迄點仍然相同。我所體驗的就是這樣的現象。

而且很明顯的，在如此分裂的時間軸中前進的，並不只是我一個。

新的星期一洗去了過去一週的風風雨雨，上學時分的坡道行腳依然不變，讓我確切體會到空間距離在時間錯亂中絲毫未減。當我在座位上後任窗外春風降溫時，全無自覺的颱風眼人物才在課鐘響完前衝進教室。

今天的涼宮春日，頂著一張半笑半悵然的靈巧表情在我背後就座。

見到這張臉，我就忍不住用「這傢伙是我在大約一個月後見過的那個春日以前的樣子」這麼一句饒舌語句來催眠自己。即使時序看似極為矛盾，卻仍是無可否認的事實。現在的春日，臉上沒有露出半點我在夜闖香閨時那副驚惶失措的樣子。

……話說回來，那張怪臉是怎樣？

「喔，是這樣啦。」

春日肘頂桌面，下巴架在手背上。

「其實昨天泰水跑到我家來了。」

……喔。

「看她怎麼一副對不起我的樣子，結果是來申請退團的。」

……喔喔？

「嚇我一跳，原來她還只是國中生耶。」

……是喔，原來是那樣啊。

「就是說，她其實在附近國中念書，因為非常想加入ＳＯＳ團，就和北高畢業的姊姊借制服，專挑放學後混進來。明明進北高是遲早的事，可是她還是等不及，真是調皮的小女生。」

難怪我在午休看遍一年級教室也找不到人，因為她根本不是北高學生啊，這下說得通了。

春日腰桿一軟趴上桌面，茫然遙望窗外，喃喃地說：

「有希病都好了，我又在入團考試玩得很開心，天氣還這麼棒，再抱怨會遭天譴吧？就算前途再怎麼看好，既然不是真正的高中生，我也不能勉強。」

我不知泰水是否真的叩過春日家門，也許那段記憶只是捏造的。不過她都這麼說了，那就照辦吧。

「明年她就會進來了吧，到時讓她無條件入團不就好了？」

「我忘記問她是幾年級了啦，看她那樣子搞不好還要兩、三年咧。」

才剛悵然若失地說完，春日忽然抬起頭，湊到我鼻尖來。

「對了，你是不是有什麼事瞞著我啊？比如……在週末約過誰之類的，或是背著我打什麼怪主意……」

春日的直覺好像又更敏銳了。雖然那是事實——

「什麼都沒有啦。星期六我睡了大半天，星期日只有帶三味線去預防接種而已。」

春日的戈爾工之眼（註：Gorgon，希臘神話蛇髮三女妖總稱，直視其眼便會石化）定在我身上好幾秒才別開。

「這樣啊，那就好。」

「喂，春日。」

春天的陽光在春日的側臉上照出一股成熟的韻味，讓我忍不住喊了她。

「幹嘛啦。」

「如果時光機再過不久就會開發出來，然後幾年後的妳來到現在和自己見面，那妳想像得到未來的自己會說什麼嗎？」

「啊？」

春日懷疑地緊縮眉心回答：

「幾年後就是大學生了吧。是說那個我跑來找現在的我嗎……嗯？大概反而是現在的我會先說『妳怎麼都沒變』吧。不管是兩、三年還是五年，我都相信自己的信念絕不會走樣。你問這個做什麼啊？」

「只是想到問一下而已，我對自己會成長多少還滿感興趣的說。」

「儘管放心吧，你一定是老樣子。還是你想說，自己的精神已經成長到能訓示國中的自己了嗎？」

反駁的餘地窄得連一聲「唔」都擠不出來。

可是啊，春日。假如幾年以後，剛上高二的我超越時空出現在未來的妳面前，可別忘了送我一個當時見到的甜美微笑啊。

還有，也請同等對待那時的我。

春日雖想開口和我多抬槓幾句，和正式上課鈴同時瀟灑登場的導師岡部成了我的救星。感恩啦，課鐘＆熱血教師岡部。

所以——

分裂成兩個世界的記憶，就這麼在每個人身上毫無矛盾地融合了。即使兩種都存在，但雙重記憶的事實已被歸納進潛意識之中，只要想起其一就想不起其二。

現在，春日還記得泰水，也保有長門病倒的記憶。

對世上的大多數人而言，古泉說的αβ幾乎相同。記憶會因重合出現落差的除ＳＯＳ團關係人之外，也只有谷口、國木田、佐佐木和橘京子這些。

最後新團員終於歸零，也算是解了我心裡一個結。

至於其他的，就如對芝麻小事嗅覺特佳的春日所言，我的確在星期日接受了古泉和長門的拜訪。

其實是我找他們過來的。我實在沒有半點心情出門，就請他們移駕到寒舍一趟，那天我想問的可多著呢。

例如，抱著春日的我掉到《神人》手上又被送進未來後發生的事。

也就是後來社團教室出了什麼事；兩個世界是怎麼接軌的；藤原、九曜和橘京子怎麼了；

渡橋泰水又是什麼人等等。

除了一個月後的春日。其他ＳＯＳ團員都是對一切瞭若指掌的樣子，那麼他們現在對那些事應該都很清楚吧。

對講機在約定的時間響起，老妹和三味線不知怎地都跟著我開門迎客。見到這陣仗，一身約會扮相的便服版古泉露出苦笑，而制服版長門則像尊大理石雕像，用一雙依然黑得清澄的眼望著我。

古泉就算了，能看到長門以無表情的佇立來展現自己的活力，實在讓我安了千百個心。

兩位在玄關脫鞋後，三味線就不斷伸頭去蹭他們的腳。那應該不是想對稀客撒嬌，而是貓族本能對較陌生的人類過度反應，讓牠想在對方身上留下自己的氣味而已吧。特別是頭頂著長門腳踝咕嚕咕嚕叫的樣子，很可能跟封在三味線體內的什麼鬼的生命體脫不了關係。

至於老妹——

「有希姊姊古泉哥哥，歡迎光臨！」

熱比鎔爐的燦笑再次纏上他們兩位。老實說她真的很煩，所以我找個藉口哄她去廚房，就領著他們來到我房間。

由於長門已在不知不覺中抱起了三味線，房間的短期居留名單只好多加一隻貓，反正給貓聽見了也不會怎樣。

「該從哪兒開始說起呢。」

古泉在床邊坐下，翹起修長的二郎腿。

「話說，你和涼宮同學突然在我們眼前消失，讓我比較想先聽你經歷了什麼呢。涼宮同學的位置倒是不難找……」

她跑到哪裡去了？

「就在家裡。因為無論在α或β，她都是正常回家的緣故吧，所以最後不變。也許她會覺得有些不協調，不過不會有什麼問題。」

長門在床緣深坐，默默地將三味線擺在腿上，來回撫摸貓肚。三味線又咕嚕咕嚕起來，完全成了長門的俘虜。

所有事物混成一團的閉鎖空間的後續報導中，有件我最想知道的事。

「長門。」

「…………」

長門盯著我看，不忘繼續替三味線抓龍。

「妳已經退燒了嗎？」

長門只是點點頭，手在貓掌肉球上按來按去。

「和天蓋領域的什麼……高層次溝通順利結束了嗎？」

「暫時中止了。」

她摸著仰躺的三味線喉嚨說。

「資訊統合思念體和天蓋領域都做出判斷，收受了最低限度的必須資訊。可能是認為由我經手的資訊傳遞效率不彰，缺乏可信度。因此我不再是該任務的執行人，並被賦予了新的任務──繼續監視涼宮春日以及周防九曜的動靜，隨時報告。」

長門的怪病原來是天蓋領域暫時停止干擾而痊癒的嗎。總之，能像以前一樣就好。

「不是那樣。」

長門似乎不覺得解任有何可惜。

「那只是因為執行第一階段的我被判定為不適合與其對談而已。相互理解程序已經暫定進入第二階段，我雖然不知道繼任聯繫裝置是哪個個體，但一定能處理得比我好。」

一開始就讓喜綠學姊接手不就好了。

「等等。」

所以說，九曜還在這個世界上囉？

長門輕扯著貓鬚說：

「她沒有消失，仍然是私立光陽園女子大學附屬高中的學生。要了解她的存在目的和其個體自律意識，大概還需要一點時間。」

「那藤原呢？」

這次換古泉回答：

「他不會再露臉了吧。喔不，應該說他已經不能來到我們的時代，也就是他的過去。涼宮同學創造了新的時空斷層，我們的時代和他的未來似乎被從此切割開來，就像朝比奈學姊無法回到四年之後的過去一樣——這是朝比奈小姐之後向我說明的。」

她還有那種美國時間啊。

「《神人》在你和涼宮同學消失後立刻崩毀，就像我熟悉的那樣。閉鎖空間也在崩毀結束的同時消解了，涼宮同學和佐佐木同學的都是。那時留在社團教室裡的只有我和朝比奈小姐以及橘京子，藤原和周防九曜都消失了。」

渡橋泰水也是嗎？

「你和朝比奈（大）還說了什麼？」

「多多少少。就我個人看來，她似乎對藤原相當過意不去，但也可能是裝出來的。由於藤原的行為實在太過衝動，所以朝比奈小姐猜測，他可能只是被利用來維護其時間軸的工具。我所掌握的情報實在不足以深入剖析，所以我無法多做評論。」

如果藤原用春日的命換得佐佐木這個新神又能改變什麼？會對朝比奈（大）的未來造成什麼麻煩嗎？

「朝比奈小姐只是小聲地說——」

古泉看著三味線擺個不停的尾巴：

「就算這個時空平面到她的未來的時空連續體都被改寫，到最後還是會收斂成一個——聽起來很像是真心話呢！」

嗯，之後呢？

「她對我悲傷地微笑就離開社團教室，我追出去也不見人影，大概是回到未來了吧。」

古泉和朝比奈（大）的話，我又該信到幾分呢。

「橘京子咧？」

「她在世界融合後就完全傻住，還抱頭啊啊唔唔了一陣子。好不容易冷靜下來就是一副喪氣樣，整個人都要跪倒了呢。」

這也難怪。

「她就這麼難過地回家了，看來她肩上的擔子也不小。」

這時，古泉亮出自己的手機。

「就這麼分別實在不太好，所以我和她交換了號碼。」

這色胚竟然趁火打劫。

「她很快就傳了封簡訊給我，內容是……」

橘京子在幾經考量後決定收手，並痛感自己在未來人和外星人前的渺小，不過她仍想樂觀地觀察下去，並用心想出該如何盡到自己的心力。

古泉啪嘰一聲闔上手機。

「請安心，如果還有動靜，我們也會採取必要的手段。」

我說你可不可以別一臉高興地說這種話啊？

「她在簡訊的附註上表示將暫時退隱，也就是和其同夥一起銷聲匿跡。雖說她此後想單純以佐佐木好友的身分過日子，不過事實只有他們有數吧。」

也就是說，我能確信佐佐木今後絕不會受到橘京子讒言所誤了。

在我和古泉對話當中，長門不知是對話題不感興趣，還是更好奇腦裡被移植某某生命體的貓咪生態，彷彿成了三味線的專屬按摩師，注意力只放在貓毛順逆上。

「阿虛～有希姊姊～」

老妹無預警地翻開門，衝進房來。

「有希姊姊～我們一起玩嘛，跟三味一起玩。樓下有很多貓咪玩具喔，來玩來玩嘛～」

「……………」

長門抱著三味線靜靜站起，被興奮的老妹搖搖晃晃拉出房門。或許是順應場面，也可能只是把陪貓跟小鬼頭玩擺在後續之前，總之她離開了。

感謝她給我和古泉單獨對談的機會。

「我知道那裡是佐佐木的閉鎖空間，因為她的好像是一直存在的。問題是，春日的閉鎖空間怎麼會突然出現？」

光是想起淺色明亮空間和灰色空間混合的景象，我的頭就要暈了。

「這應該不用問吧，那當然是涼宮同學的意思。那是為了讓我進入那個地方，也為了讓《神人》出現，你說是嗎？」

那也不對啊。春日那時人在校外，怎麼會知道我們出事了？

「如果從她確實知道的角度來想呢？」

古泉露出補習班講師般不懷好意的微笑。明知答案近在眼前，卻享受著學生被公式整得七葷八素的畫面。

「你忘了場中還有個我們以外的人嗎？那個人突然闖進我們之間，不是外星人、未來人或超能力者，起初就身分成謎，卻在不知不覺中確立了自己的位置，還把你找來社團教室。在α時空裡的我們，都接到了她的邀約。」

渡橋泰水……是嗎。

她到底是什麼人？

古泉毫不拖泥帶水地答道：

「她的真面目就是涼宮同學，她是涼宮同學創造的另一個自己。」

到了現在我也有那種感覺。替我解釋一下吧，你是什麼時候發現的？

「她一開始就告訴我們了啊，還很明顯呢。能否借紙筆一用？」

應了要求後，他秀氣的手拄著自動筆，在潔白的紙上流暢滑動，寫下「渡橋泰水」四個大字。

「這是非常單純的置換字謎，照念就能找出答案喔。只是簡單到沒提示就解得出來，反而導不出其他事。」

你就少賣弄了，快說下去吧。

「泰水念作 yasumi 只是個幌子，只要照字面念成 yasumizu 就好了。現在我們把全名都換成拼音。」

——watahashi　yasumizu。

「只要對調幾個字……」

——watashiha　suzumiya。

——我是涼宮。

古泉將筆輕輕一扔。

「這是涼宮同學無意識行使其能力的結果。為了設下防線，讓世界因此分裂。一邊是應有的世界，一邊是不該存在的世界。儘管她全無自覺，卻也仍懷著某種危機意識，並保護了這個世界呢。假如涼宮同學沒讓世界分裂，你很可能就會成為敵方的傀儡。總歸來說，她是想保護你和長門同學的。」

現在的我就是所謂的啞口無言吧。

「雖然涼宮同學從何時預料到會有此事，除推測外別無他法，不過春假最末日到新學期首日凌晨是最為可能的。當然，那是無意識的行為。這是非常驚人的事實，可說是無自覺的預言呢。」

就記憶所及，我只能說在泡進浴缸前世界仍然共通，在老妹送來的話機貼上耳朵那一刻就分歧了。

分成佐佐木來電和泰水來電的世界。

「應該是涼宮同學預測到你和長門同學將發生不測吧，所以事先防範了。那就是我所說的α路線，裡面的是我們自己的分身。恐怕她不僅不知道自己有此力量，甚至會主動抗拒知道的機會呢。」

古泉臉上多了一抹憂慮。

「渡橋泰水是涼宮同學的無意識具體化的樣子。如字面表示，無意識就是行為者本身也沒注意到自己做出下意識行為的狀態。因此泰水沒有消失，就連和本體統合，涼宮同學也不會發現，宛如一場隨睜眼消逝的夢境。說不定這真的是一場夢呢，而我們就在涼宮同學創造的夢幻世界裡，一個什麼都有可能實現的虛幻世界裡。」

還真的有這種感覺，對春日那傢伙來說什麼都有可能啊……

「真的有種跌破眼鏡的感覺。我雖對涼宮春日為神論抱持著懷疑的態度，但現在也許有改觀的必要。」

我可一點兒也不想膜拜她啊。

「我原以為涼宮同學正一步步削弱自己的力量，只是我大概是估錯了。她正在進化，《神人》的智慧性動作告訴我們，她開始能夠抑止情緒性的能力表露，轉為理智地操控。縱然都是無意識的行為，但就是這點驚人。例如隨意敲打鍵盤就想打出一段含有一定意義的文章，在概率上雖不為零，實際上卻能用不可能一語帶過，但蓄意去打一段文章卻是易如反掌的事。她能夠無視機率統計，在無意識之中完成任何事，這已經超越神的領域了呢。」

那不就拿她沒輒了？

「只是推測而已啦。我的能力尚不足以分析涼宮同學，如果她近乎於神，那就更不可能了。就神話而言，神明的意思和舉止總是善變難解甚至不可理喻，卻不會完全漠視人類。從祂們行為中的人性可以發現，神話中的神充其量是人類捏造出來的。那麼在神之上的神又會存於何處，長什麼樣子呢？」

別問我，我都無所謂。

對了，朝比奈（大）和藤原是什麼關係啊？呃，先從未來人的時間理論開始說好了。

「時間軸分歧是我們親身體會過的事實。如果那只是時空上的改寫，那你我應該都不會察覺，就像重複了一萬幾千次的去年夏天那樣。我們擁有分歧路線的記憶，就是反面的證明。」

然後呢？

「我們所體驗的分歧，是涼宮同學的能力所造成的人為時空變化，可是我們無法了解朝比奈小姐和藤原某人的未來情況如何。他們屬於同一世代、分屬不同世界、其中之一甚至兩人都在說謊皆有可能，無從證明。」

未來人不說實話好像不只是禁止事項的緣故呢。

「沒錯。我的直覺告訴我，無論是人為或是自然現象，未來很可能有著多種分歧，但分歧的並行是有盡頭的，總有一天會匯流為一……我想，我們所認知的時間，也許就是在一再重演的分裂和統合中不斷前進。畫圖來解釋的話──」

古泉撿起筆，在便條紙畫下塗鴉般的線條。

「如同前言，我們該經歷的時間其實只有 β 一條。但涼宮同學強行介入，創造出 α 路線，我們才能保有現在的時光。要是沒有 α 的你我和渡橋泰水，事情就難以想像了。」

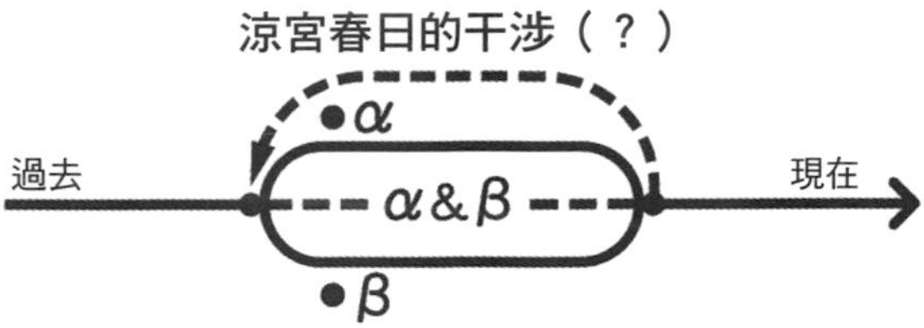
涼宮春日的干涉（？）
●α
過去
α&β
現在
●β

「假設朝比奈小姐和藤原分屬個別未來，那圖就會像這樣因故分歧，再因匯合而暫定。」

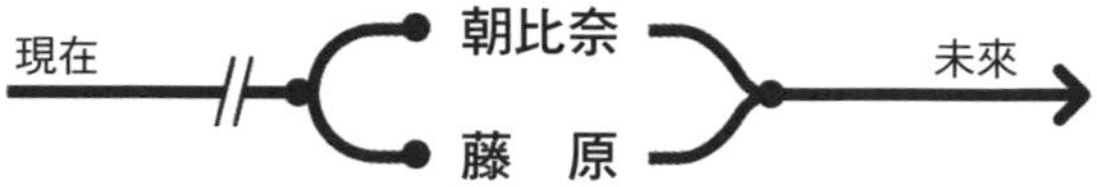

「其中可能也有保持分歧、不重合也不交錯的未來。朝比奈小姐很可能是為了不讓自己的世界衰敗才回到過去，替未來疏導時間之流的呢。」

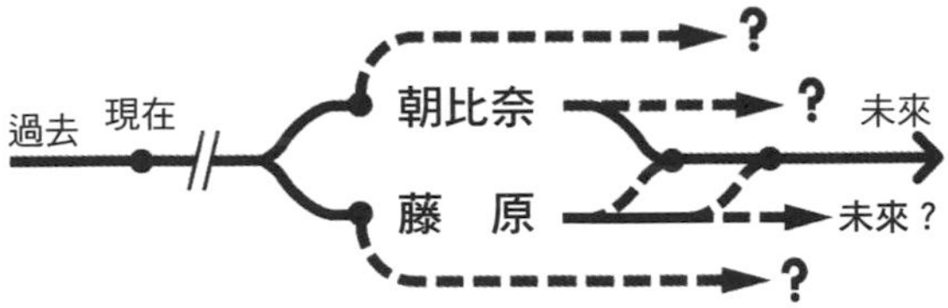

唉唉唉，有聽沒有懂。長門大概會有其他看法吧……結果我想出了完全不同的話題。

「先問點其他的。你跟森小姐……還有新川先生是什麼關係？我還以為森小姐一定是你的上司那類呢。」

古泉好奇地打量我的臉。

「你怎麼會那麼想呢？你對我們『機關』有什麼疑問嗎？」

「因為森小姐稱呼你不會加稱謂啊，那你在私底下又是怎麼稱呼森小姐的？」

古泉表情有些意外，卻又立刻切換成詭異的微笑模式。

「我們是擁有相同目標的同志，所以沒有公司組織那樣的階級之分。全都站在同一線上，沒有上下，沒有誰特別偉大。森小姐就是森小姐，她只是隨自己喜好稱呼我罷了。」

哼嗯～

好吧，就當作是那樣。我也不是特別想追根究底，再問下去就太不識趣了。

「啊，還有一件事。雖然很不重要，我還是想先告訴你。關於泰水拿來妝點社團教室那朵花，我把相片傳到合適單位調查後，發現那是全新的品種，足以冠上拉丁文學名喔。她忠實履行入團考試的附註，找來了有趣的東西，說不定這位涼宮同學的分身比本尊更可愛……噢，算我失言。總之，我還想再和她見見面呢。」

古泉帶著微苦笑起身，假期中的小小約見就這麼結束了。

啊，對了。長門和老妹結伴下樓後就把三味線扔在一旁，在客廳大戰動物棋。聽老妹說外星人在她手上連番落馬，真的假的？

現在我仍會想——

如果那時——

我選擇了佐佐木，會有什麼下場。春日的力量落入佐佐木手中，偽ＳＯＳ團正式成立。團員替換成橘京子、九曜和藤原，擁戴著佐佐木——

也許我早就沒命了，而且下手的不會是別人，正是朝倉涼子。所謂三次見真章，喜綠學姊大概不會阻止她吧。屆時長門會作何反應呢，說不定會跟思念體翻臉……應該是我想太多了。

不過，那種事沒有發生，也不會發生。

我早就摔進ＳＯＳ團這個大染缸了，要爬出來，就像不帶氧氣筒就想從無底沼澤最深處浮出水面般困難。

所以我選擇了淺灘，和同伴們坐在海浪拍撫的沙灘上，不厭其煩地望著水平線。

我已經不想找哪個誰來問話了，就這樣吧。這就是我的想法，不需他人左右。無論是春日、朝比奈學姊、長門還是古泉，我相信每個人都和我心有靈犀，抱持相同結論。

所以就這麼走下去吧，能多遠算多遠。在我們鋪好自己的軌道前，我絕不會踏上別人為我們策劃的路線。

直到時間盡頭。

不知是心血來潮還是哪根筋不對，團長大人在這星期一放學後便早早宣布活動暫停回家去也，朝比奈學姊和古泉也欣然接受，沒繞到社團教室就打道回府。

我個人也有事要咀嚼，對這次休會的感謝自然不在話下。

可能是出於文藝社社長的責任感吧，長門仍然留了下來徜徉書海，我只能祈禱不會有哪個倒楣的入社申請人，誤闖這個魔窟般的空間。哎，長門應該能用資訊操作擺平那點兒小事吧。

我在車站前的腳踏車停放處牽出愛馬，略過返家路線，往另一方向前進。

目的地就是ＳＯＳ團員的「老地方」——站前公園。想起來，這次的事件就是從我在那裡和佐佐木、九曜和橘京子純粹巧合般的碰面後才開始的。

不用說，我沒跟任何人約好，只是抱著賭骰子的心態，認為自己有五成把握能和誰見個面而已。而這個念頭，好像早就被看穿了。

「嗨。」

佐佐木站在公園前對我揮手。

「果然來這裡就能遇到你，偶爾憑直覺行動也不壞嘛，有點不太科學就是了。在下還是認為什麼不祥預兆或預知夢都是事後附會的喔。」

我違規停車，走向佐佐木。

她保持著沉穩的揶揄式微笑，邀我在一旁的長木椅坐下。

我一語不發地坐著，呆望車站滾滾吐出的放學部隊和步入車站的熙攘人群，如過江之鯽在眼前來來去去。

先開口的是佐佐木。

「前兩天真是辛苦你了。雖然整件事和在下關係不大，不過突然被丟在校門口那時在下真的很錯愕，那就是所謂的閉鎖空間嗎？」

後來妳怎麼了？

「在下留下來也沒事好做，就馬上回家了。你每天都在那種斜坡上來回啊？佩服佩服。」

沒什麼啦，習慣之後走起來比大城市的地下街還輕鬆。

「在下向橘小姐問過詳情了。」

佐佐木看著自己懸在空中的淑女鞋說。

「雖然讓藤原先生聽見了會不太好意思，不過情況看來還不錯嘛，對在下也是。多虧有你，在下才能從『神』的稱號中解脫呢。」

我和佐佐木在國中可不是白混的，聽她的口氣就知道這是真心話。只有一點——

「有件事我想問妳。」

「什麼事，你有問過在下課業以外的事嗎？在下記得你國中都是那樣。」

「妳來我家那天，說過不是只為了藤原他們的事來找我的，那妳還想談什麼啊？」

佐佐木睜大了雙眼望著我。

「啊，那個啊，竟然還記得。其實在下自認根本沒說什麼，還期待你能忘光光呢，看來你的記憶力實在不容小覷。」

佐佐木吐氣般地呼呼笑了兩聲，望向天際。

「那已經是兩週前的事了——有人對在下告白。」

我的所有詞彙在那瞬間遭到封鎖，被打入完全無言的深淵。宛如所有日文詞語都從我腦袋揮發到空氣裡一樣，什麼也說不出口。

佐佐木接著說：

「他是同校男生。在下沒想到學校裡竟然有這種怪咖而有一絲絲感動和些許錯愕。然而在下實在是被問得措手不及，所以沒能當場回答他，一直拖到現在呢。」

說起來，佐佐木和春日的確有點類似。都有一張只要不開口就不乏異性側目的姣好臉蛋，若能靜靜站著，就是眾人矚目的焦點。

「所以在下是來作戀愛諮詢的。你以為在下會只為了那種連ｍＲＮＡ（註：信使核糖核酸。ＲＮＡ是將ＤＮＡ基因資訊轉譯為蛋白質的物質，主要分為三種。ｍＲＮＡ即為其一，帶有轉錄自ＤＮＡ的資訊，成為合成蛋白質的模板）都比不上的小事來找你嗎？不過呢，能見到你妹妹也算是意外的收穫吧。」

這個……抱歉幫不上忙。

「不會啦。在那種狀況找你談這個也不好吧？況且在下已經在開口前就決定要自己解決自己的問題了，不想讓你對多餘的事煩心。」

沉默再次找上了我。聽了這些，我明明應該要耍蠢、吐吐槽或做做反應，但是想不到就是想不到。看來我還得加強磨練對話能力，慚愧慚愧。先讀幾本長門館長的推薦書好了。

佐佐木再度為我撕破這股果凍般柔韌的停滯感，用的還是新的震撼彈。

「其實在下和涼宮同學上的是同一所小學，只是一直沒機會同班。她在在下眼中總是非常耀眼，就像太陽一樣，就算不同班也能感到她的光芒。」

妳們之間還有這種關聯啊？想不到妳會在我之前就見過春日了。

「在下一直很想和她同班，只是始終無法如願，所以知道我們上不同國中時感覺挺複雜的，有點寂寞又有點鬆了口氣──對了，就像直視太陽太久很傷眼，一旦沒了太陽在下又會失去光明和溫暖……這樣說聽得懂吧，阿虛？」

嗯，應該懂。

「在下因為家庭問題，在小學畢業的同時換了姓氏，所以涼宮同學才對佐佐木這個姓沒印象吧。在下的外觀也變了不少，連模仿她留的長髮都剪了。這樣也好，就算她現在想起在下是誰，都改變不了在下曾自嘆弗如的事實。所以這件事就先保密吧，說這些話也挺難為情的呢。」

我靜靜地吐了口氣。

所謂的人際關係，真的會在視線範圍外錯縱交織。不過這也是當然的事，世上的人何其多，又會在各個角落和無數人相遇、分離、重逢，必定能譜出無數段戲曲。

到最後，我能知道的只有自己和自己週遭的人際關係。就算世界哪個角落有什麼愛恨情仇，只要進不了我的腦子，就絕對無法把它視為事實。

「不能這麼說啦，阿虛。」

佐佐木的笑容又明朗起來。

「你會認為電視報導的都是事實嗎？的確，我們得不到人類所無法理解的知識。宇宙的盡頭有什麼、宇宙之外有什麼，宇宙本身又是什麼，對我們而言，這些問題的真相都還在遙不可及的無底深淵裡。但是，總不能因為無法理解就說答案不存在吧？在下認為，要是人類這個物種末日臨頭也渾然不知，還有個生命體悠悠哉哉地觀察這個現象，那麼這個生命體就能算是我們的神了。」

把規模擴展到全宇宙只會弄得我更迷糊而已。

「我們人類擁有豐富的想像力，而那就是人類在自然界中最值得誇耀的武器，就像是一枝足以和神對抗的小箭。」

佐佐木咯咯笑著。

「阿虛，如果你想要，在下隨時能替代涼宮同學的任務——說歸說，在下很清楚這種念頭在你心中不會比針孔還大。不對，大概是相反吧，應該說你很明白在下會怎麼想才對。無論如何，可能性都無法用數字表示，連寫零都嫌多，是完全的『無』吧。」

妳的話真的都滿中肯的。

「結果在下還是什麼也沒做，真的一點兒也不適合當神呢。」

相信佐佐木一定知道，在這個總想做些無謂小事的人多如牛毛的時代裡，能明辨現況決定什麼也不做，會是何等可貴的美德。

「嗯，在下也不想成為讓人一目了然的反派角色。在下自視雖不高，卻也沒低賤到能讓人便宜請進門。即使是廉價的雜耍明星，讓一個內涵遠勝其角色的人才來扮演的話，也一定更有味道。在下不是actor（演員）也不是actress（女演員），根本上不了舞台。無論好壞，在下半點演戲細胞也沒有。」

我身邊對演戲有心得的只有古泉一個吧。我也演不了，若是挑名編劇的劇本毛病，那還有點自信。

「這代表在下就是在下，你就是你，誰也不是。任何人都模仿不了涼宮同學，在下相信她也無法刻意模仿自己。其中沒有意識能介入的間隙，智慧再高都不可能。」

這倒還挺適合當謎語的。佐佐木，妳打算持續這種哲學對話到什麼時候啊？

「抱歉，快結束了。」

佐佐木突然板起臉來。

「雖然看到你順利建構出和樂的人脈，也似乎玩得很開心，不過在下深思熟慮之後，還是決定把男女放一邊，把心思放在學業上。其實，在下已經無法再像國中那樣，享受在班上特立獨行的自己了。就連在下的說話方式，也不曾受過值得一提的側目。我們學校幾年前還是男校，現在的女學生也不多，在下能否樂在其中就算了，周圍的人對在下的言行可說是興趣缺缺，被視而不見碰點軟釘子就要偷笑了。所以阿虛，在下很喜歡你。對在下不會多想並全盤接受的人，自始至終只有你一個。對在下而言，和你併桌吃營養午餐是一天中最寶貴的時光。假如世界上有個男生會考量在下的感受而選擇沉默，並且保持距離、點到為止，之後再若無其事地和在下交談，相信除了你不會有別人。」

她又嗤嗤竊笑。

「真是的，怎麼說得和告白一樣啊，被誤解的話就有違在下的本意了。」

沒人會誤解啦，會亂想的腦子一定有問題。像國木田的腦袋就是為了唸書特化過頭了，才會用奇怪的方式記事情。

「說得也是。勉強記下的事，會在不必記住的瞬間忘得乾乾淨淨。像在下就把考高中的重點技巧忘光光了，相信現在這些記憶在三年後也會隨風而逝。」

佐佐木大而化之地說：

「不過那也沒關係，在下一定會學會新的事物，到時在下記的就會是自己想記的事了。」

佐佐木陰霾盡散似的躍然站起。

「好啦，補習時間到了。阿虛，能和你聊聊，在下真的很開心。」

佐佐木就這麼邁開步伐，頭也不回地走向車站剪票口。

我鼓足了氣，對那細瘦的背影大喊：

「掰啦，我的摯友，同學會上再見吧！」

佐佐木連手都沒舉，不知是否聽見了我的聲音。那背影告訴我，就算在多年以後才能重逢，她的頭一句話仍會是「嗨，摯友」。

於是，我和佐佐木背道而馳。不知該急該緩，也不知一個月對了結這一切是短是長。算了，就隨已經敲定的事來調整吧。

再怎麼說，我所走的路上，還有非得決定送什麼給春日不可的日子在等著呢。

今天我就廣納諫言，只要有什麼妙點子就寫信或傳簡訊來吧，我有一定能挖到寶的預感。

到了隔天，星期二。

我在爬了一年也仍會爬得一肚子鳥氣的坡道上默默無語地淡然走著。

「喲！偷瞄小弟！」

有隻手打蟑螂似的一把砸在背上，痛得我蜷縮起來。

一轉頭，學姊那雙層稀有閃卡般炫麗的霓虹級笑容就在眼前。

「鶴屋學姊？啊，早安。」

「腳安～阿虛，今天感覺很不錯喔！」

我看看灰雲密布的天空，再看看鶴屋學姊。只見她笑開了嘴說：

「不是說天氣啦，是你是你～一副神清氣爽的樣子！好像煩了整個星期的事都在週末撥雲見日一樣耶。」

她說得像是旁觀了整件事的始末一樣。

就某方面來說，這人的直覺比春日還敏銳。雖然她能從我臉上看出那麼多，我卻為自己對此已經麻痺比較吃驚。

「鶴屋學姊，我想問妳一件事。」

「什麼事呀～」

我走到她身旁，調整步伐。

「妳覺得我這個人怎麼樣啊？就學姊自己見到的來說就可以了。」

「啊？怎啦怎啦？我的感想完全不可靠喔。」

「我想聽學姊最直接的感想嘛。像古泉或長門不僅不直接，還會回答一堆莫名其妙的玩笑或哲學概念。」

鶴屋學姊哈哈大笑道：

「那也不能問實玖瑠了，那丫頭大概只會說客套話吧！」

這時，鶴屋學姊突然端詳起我的臉。

「嗯，阿虛你嘛——對了，還算是討人喜歡吧。感覺上，不是那麼容易和你聊起來，不過要是聊了，你就一定會確實回答。不會因為聽見笑話就大笑，聽見無聊的也不會擺臉色，還會認真回答，像你這種人已經是稀有動物了說！」

還有沒有其他更像是誇獎的話啊？

「說起來，你還滿帥的嘛。」

學姊眼力真不是蓋的，就像軍事觀測衛星一樣正確，多說一點。

「回頭想想，好像又沒那麼帥就是了。」

才剛高漲的氣勢如破洞的熱汽球急速癟縮了。

鶴屋學姊笑彎了腰。

「不過我相信你一定不會走偏，也不會對實玖瑠亂來，就這麼普普通通地過完高中生活吧。」

我不覺得ＳＯＳ團的活動有多普通就是了。

「那可不一定喔。」

學姊雙眸靈光一轉。

「對你來說已經很普通了吧。有春日喵、實玖瑠、長門和古泉學弟陪你，你還想要求什麼？」

我立刻回答「沒有」，這陣子連新團員也不想要。

「喵哈哈哈，有道理。」

學姊小跳步超前了我，回過頭說：

「不准忘記月底的賞花大會喲，我已經準備很久了說。要是沒人來，小心我把整棵樹扛去找你！」

最後——

「如果需要我家那個怪機器的時候到了就說一聲吧，掰！」

學姊輕快說完，眨了一眼就咚咚咚狠踏長坡而去，那背影可真有逍遙紅塵的氣勢。

鶴屋學姊真教人望塵莫及，我一輩子都沒辦法成為她那種人物吧。然而這種屈服感，卻在我心中注入一股令人欣喜的暖流。

才發覺學姊的背影小了許多，我的肩又被另一位熟客拍響。轉頭一看，不知是造了什麼孽才同班的同谷口和國木田正比肩而立。

「喲！」

谷口的賊臉再度復活，看來周防九曜風暴已經退去。那天偶遇之後不是覺得我的視線很刺眼嗎，這麼快就站起來了啦，萬人迷谷口？

「阿虛啊，快介紹個馬子給我吧。」

怎麼一開口就是蠢話。

「聽國木田說，你那個佐佐木同學好像也不錯正嘛。早點認命吧，你跟她有緣沒份啦，諒你也沒拋涼宮食野花的膽。啊？啊？」

吵死了。谷口你聽好，想要就自己去搶吧。從盤古開天闢地到現在的悠悠歲月以來，我只做得出一個結論，那就是你不適合佐佐木。而且我敢立據保證，她甩你絕對會甩得比九曜還乾淨。保證書就寫在你額頭如何？

谷口像個三流演員擺出不滿的姿勢。

「喔？看來我身邊不只沒有好女人，連個像樣的男人都沒有。要是我認識哪個美少女偶像天團，別指望我會介紹給你。以後就抱著自己說過的話，一個人慢慢哭吧。」

哭就哭，不過應該是笑到哭吧。

「趁你還能說就盡量說吧。等到你當完高中三年的涼宮護衛，在畢業典禮上後悔自己虛度了人生僅有一次的青春就太遲了啦。」

感謝你的忠告，我一定會多加戒慎。但是，我正以現在進行式陶醉在所謂的青春當中。至於你愛怎麼歌頌青春，全都是你家的事，只要別再和啥鬼外星人勾搭上就好，那只會給我添麻煩。

似乎是聽不下谷口的蠢話了，國木田從旁鑽了進來，表情正經多了。

「阿虛，一般來說，性質相近的人其實容易相斥，相反的人反而處得來。自然界其實有很多例子，好比磁鐵的N極S極，或電流的正負兩極。」

喔喔，在通學路上聊這種話題好像太沉重了點，想預習物理課嗎？

「現在才算是物理啦。如果進入比分子或原子更小的微縮世界，就會發現比電磁力更緊密的力量確實存在。除了氫原子，所有的原子核都是由複數個質子和中子構成的。由於中子不帶電，所以質子和質子之間的結合並不是因為電磁力或引力。那你知道應該相斥的質子，為什麼會安然存於原子核之內嗎？」

不知道。

「你應該聽過湯川秀樹吧？他是因為預測有種極小粒子造成質子和質子的結合，而成為第一個榮獲諾貝爾獎的日本人。他假設，那個粒子在質子和質子間相互作用，還必定擁有比磁力或萬有引力更強大的吸引力。幾年後，該理論獲得證實，於是湯川博士得到諾貝爾獎，成為發現夸克和強子等基本粒子之先河。」

你說這些湯川博士傳和現在有什麼關係？

「阿虛，我覺得你和涼宮同學的情況就和這類似。兩個人都是應會相斥的正極或同樣極性，我還以為你們的關係很快就會瓦解呢。你們真的很像，我到現在還是這麼認為。同性相斥是相當自然的事，但是你和涼宮同學卻緊得密不可分。就像湯川博士所提倡並在日後發現的核力，你們之間一定有種強大引力，足以拉住隨時會彈開彼此的多個質子。當然那不屬於至今所發現的強核力、弱核力、電磁力、重力四種引力之一，也許和我們所知的自然界引力都無關。」

那會是什麼啊？

「我也不知道，可能是新引力或第五元素吧。啊，這種想法已經算是幻想科學了。光從人與人的聯繫來看，阿虛和涼宮同學的聯繫之中，其他人的存在可能發揮了不少功效。古泉同學、長門同學和朝比奈學姊說不定就處於那種位置，不過這都是我隨便亂想的啦。我覺得SOS團現在就像一顆原子核。大的物質雖然會分分合合，可是像你們這麼小的話就會成為生命共同體，呈現緊密結合、無可切割的穩定狀態。如果要讓這種均衡崩潰，必然需要一種會對各要素交互反應的物質加以撞擊，只是那種人並不多吧。可能做到的，我只知道鶴屋學姊一個，不過她應該選擇了裝傻旁觀。」

這種事我早就注意到了。

「其實鶴屋學姊真的很聰明喔，她是我進入北高的理由之一呢。」

……是喔，還真是遲來的衝擊性小事實。

「說起來實在很害羞，所以我只敢跟你說而已。」

國木田側目一瞥谷口。那位輕佻的同班同學，正忙著在通學路上的女新生群中物色獵物，於是國木田小聲地說：

「不能跟谷口說喔。就我所知，鶴屋學姊是個真正的天才，我真的很想多接近她一點。多虧有你和涼宮同學，我才能被她記住，真的很感謝你。因此，我稍微了解到她真的深不可測，也明白了天才唯有天才能夠了解，只是這讓我有點喪氣罷了。」

能了解這麼深奧的事已經很了不起了。

「才沒有呢。我和天才差得遠了，連秀才的領域都爬不出來。雖然要不斷自我精進才能達到那種境界，不過光是想到要追上鶴屋學姊得付出多少努力，我就快腿軟了。只是我也不打算放棄，無論要花多少年，我都要站上她目前的位置。即使她屆時應該早就登上更高峰，我也會以她為目標繼續邁進，就像阿基里斯和烏龜（註：古希臘哲學家芝諾（Zeno）所提出的著名詭辯。假設阿基里斯一秒跑十公尺，烏龜一秒跑一公尺，兩人間隔十公尺。若兩者同時起跑，兩人間隔會越來越小，但阿基里斯永遠追不過烏龜）。嗯，我現在覺得舒坦多了。我所定為目標的人不斷前進，要追上就必須跟著不斷努力，想得我都興奮起來了。你會覺得這種心情很怪嗎？」

哪裡怪，有這種上進心真是再好也不過。話說回來，原來你這麼能說啊，人類真的不會因為離得近就比較容易了解。

鶴屋學姊可是被古泉視為超乎常規而決定忽視的人呢，會對她這麼死忠的人，翻遍整個北高或全世界都找不到啦。你應該能在這條路上獲益良多吧，鶴屋學姊這個人好像也挺喜歡腦筋靈光的傢伙。像我這種貨色，頂多被她當小弟弟或外甥看待吧。

一到教室，業已就座的春日眼珠一轉，抬眼看我。

「從今以後就要正常營運了，放學後直接到社團教室去吧。」

是是是。

我放下書包，回頭就問：

「我說春日啊。」

「怎樣？」

「妳為什麼會來北高啊？」

大概是覺得很突然吧，她像頭在綠洲水塘邊撞見水牛群的鱷魚，凝視了我好幾秒才說：

「直覺啦。雖說上私立高中也不錯，只是我覺得這裡也許至少會有一個有趣的社團，所以才來的。」

是喔。

「你在偷笑什麼啊？好啦，我知道你想說什麼。因為這裡的確沒那種社團，所以你想取笑我的直覺，沒錯吧？」

才沒有。其實妳心目中的有趣社團根本不存在吧？大剌剌舉著「我們就是那麼好玩」看板的超膚淺社團裡頭，想必不會有妳看得上的瑰寶。

「還好啦。我也是會期待學校裡會不會有哪個社團外表平凡，事實上卻是私底下成立的秘密組織。唉，到最後還是沒有就是了。啊，秘密要用平假名來發音喔，秘～密。」

春日發出娃娃音。我看著她的表情和唇形，點了點頭。

妳的願望都實現了呢，春日。妳所打造的秘密組織已在這所高中紮根，怎麼吹怎麼推都能屹立不搖，即便哪個未來人或外星生命體想來鬧場，也撼不了半分半毫。

春日瞪了我一會兒，接著整顆頭趴上在桌面交叉的手，長嘆一聲吟起詩來：

「幣帛未帶因羈旅，紅葉滿山持獻神。」（註：《百人一首》第24首，作者是菅原道真）

先別管詩意了，我只確定這不是春天的和歌。

放學後。

「嗨啊。」

我打開社團教室門，迎接我的是掃除值日生春日外的其他老面孔。

朝比奈學姊已換上女侍裝，長門在房間一角負責讀書，古泉在老位置盯著象棋棋面。

長門連頭也沒抬，古泉只用視線代替招呼，而朝比奈學姊則難得地背對著我，獨倚窗邊。

仔細一看——

「唉……」

她一邊替泰水送來的花換水，一邊嘆息。

我好不容易盼到她回過頭來，只見她說：

「她真的好～可愛的說……太可惜了。還真的把我當前輩看呢……」

我這才發現，我雖稱她為學姊，心裡卻沒這麼想過，也許是她看起來比我小的緣故吧。不過這樣也好，朝比奈學姊就是朝比奈學姊，讓實際年齡永遠成謎吧。

「結果是國中生啊……難怪好像個小妹妹。」

也就是說，朝比奈學姊認識的泰水就是春日解釋的那樣吧。

「好想再和她聊聊喔～」

看著一雙水汪汪的眼睛遙望窗外的朝比奈學姊，一個念頭忽然竄起。

若是讓現在這位朝比奈學姊多知道一點內幕，會不會讓朝比奈（大）做出其他選擇？朝比奈（小）現階段幾乎一無所知，如果將和我一再見面的朝比奈（大）跟藤原那檔子事全盤告訴她，可能就足以影響未來，至少朝比奈（大）的行為應該會稍微不同吧……？

歪腦筋還沒動完，朝比奈學姊已踏蓮步而來。

「這是她忘在社團教室裡的。」

我接過學姊遞來的東西。不須特別觀察，一眼就看得出那是泰水那令人印象深刻、類似微笑標誌的髮夾。

這是她單純忘了拿，還是刻意留下的呢？

朝比奈學姊指尖輕撫泰水帶來的蘭花花瓣。

「會不會從此都沒機會見到她了啊，明年我就……」

學姊沒說完就抿住了嘴，而我當然不會不明白她的意思。

再這麼下去，三年級的她明年就會畢業，不再踏進這裡。這麼說來，會牽涉到未來人的事將在這一年間結束嗎？所以才和其他人不同，高我一個學年。

算了，想了也是白想。

怎樣都好啦，未來事有未來人操心就夠了。我是這個時代的人，和過去未來無關。只要是現在能做的，我說什麼都會去做，十年、二十年後的事，就交給那時的我搞定。雖不怎麼值得拿來說嘴，但我相信未來的我和現在差不了多少，有什麼苦水就向他吐吧。那個時代的我應該也只會做些該做的事，其餘不打緊的一概不碰吧。正確與否自然有未來的我會判斷，人生不就是這樣嗎？不過這大概不是高中生該想的事。

就在我為自己的達觀竊喜時——

「抱歉我來晚了——！」

春日掛著只會讓人冷汗直流的老字號笑臉衝了進來。

再怎麼看，那張連盛夏中的向日葵都會照過來的高熱量閃耀笑容，都絕對是在打掃中途發奇想的產物。

春日無視不禁退身的我前往團長席，卻在途中下腳步，窺探我手邊。

「咦？」

她刷地一聲抽走髮夾，凝神打量了一會兒。

「啊，就是這個。我想起來了，我以前有戴過這個，難怪覺得似曾相識。那是小學的事了，可是上了國中就不見了，想不到那孩子也有啊。」

她感慨萬千地說完，握緊髮夾就從我面前走過。

我在她的背影中，見到了我所幻視的未來版春日。

當時喊住春日的會是誰啊？

她回頭見到的是我認識的人嗎，還是素昧平生的第三者呢？

是後者可就不妙了——發現自己這麼想，我連錯愕的表情都沒擺就認栽了。這部分是賴不掉的吧。

但未來似乎不太安定。我可沒忘了從藤原和朝比奈（大）的對話中嗅得的新資訊。雖不知歷史會直接改寫抑或是世界分歧並立，不過未來好像是分分合合，永無止境。

我想這輩子都忘不了那驚鴻一瞥的光景，也會嚮往自己踏上那裡的一天吧。

為此，我該做的事大概還有一卡車，例如接受春日的強制課輔之類的。高中生活還有兩年不到，我不認為北高外星三姝的老闆和九曜的天蓋領域宇宙組織，會悶不吭聲地混完這些日子。說不定，還會有其他和橘京子不同卦的類「機關」團體，像最終魔王前的中頭目三三兩兩殺來。

管他的，船到橋頭自然直。

幸好我不是孤軍奮鬥，我有長門、古泉和ｍｙ朝比奈學姊作伴，也有傻蛋谷口、冷靜過頭的國木田和天衣無縫的鶴屋學姊相挺。多虧了這一路上的奔波，我才得到了相當於人生之鑰的夥伴和不少知己。相信佐佐木也一樣，我絕不認為她會揮揮衣袖就此退場，別以為演了一齣傷離別就瞞得過本人的眼睛。她露面的機會還多得是吧，再怎麼說，我想把她寫進劇本裡的情緒根本壓不下來啊。

現在，比起那些一點兒也不想知道會不會發生的未來事件，眼下還有絕不能忘的事要做，那就是ＳＯＳ團成立一週年紀念典禮和團長驚喜計劃。時間還有幾個星期，不必現在就忙著張羅。在這之前還得參加鶴屋府上的八重櫻鑑賞會，春日也不一定完全對招新死心，這一個月還有得瞧呢。

不管有何風雨，只要我們五人一條心，沒什麼闖不過的。

對手是什麼貨色都沒在怕。

然而，這些都不是最大的問題。

我手頭上的最大懸案，就是該送團長什麼，或是我究竟送了什麼。我真的絞盡腦汁也想不到，懇求各位能踴躍提供寶貴意見。

就在我碎唸著這一大串又臭又長的獨白之際，春日把髮夾收進團長席抽屜旋身站起，走向白板。

她什麼都沒說，拿起白板筆一氣呵成地寫出一行字。當她再度回頭，唇角已迸出幾乎燒穿我視網膜的得意笑容。

「阿虛，大聲念出來。」

既然是團長命令，我只得恭恭敬敬地無奈遵從。

「新學年第一回ＳＯＳ團全體會議……喂，這個第一回是怎麼回事。還有我怎麼沒聽說今天要開會？」

「沒問題，我跟大家都說過了。漏掉你了嗎？抱歉，應該是我忘了。反正你現在也知道了，那就這樣吧。」

我開始檢查地板是不是有苦蟲在哪個角落亂爬，被我找到了一定會塞進嘴巴最深處大口一咬，享受牠的滋味。不知幸還是不幸，房間裡當然沒那種蟲，我也不必去嚐那種壓根兒也不想吃的玩意兒。

「那妳想開什麼會啊？」

春日反手一敲白板。

「那還用說嗎？我們受邀參加鶴屋學姊家的賞花宴了耶，純粹去白吃白喝就太對不起人家了，SOS團的服務精神和我的矜持是不會允許的。所以囉，阿虛、古泉、實玖瑠、有希——」

古泉歪嘴微笑，長門仍頂著幾近虛幻的石雕臉，朝比奈學姊兩手掩口，而每個人的視線前端都是我。

不祥的預感以從電扶梯跌落下樓之勢直撲而來。

「大家要表演餘興節目喔！一定要精采到讓觀眾歡聲雷動才行！」

「給我等一下。辦在鶴屋家的應該是大型宴會吧？也就是說會有一海票當地士紳和有頭有臉的大人物來參加？」

「你對觀眾素質有意見嗎？聽好，搞笑是不分國界的，要是不能讓幾個政治家或企業董事都看得開心，那就稱不上是表演了嘛。讓在場觀眾不分男女老幼人種國籍全都哄堂大笑，才是表演的本質！」

要自HIGH就算了，妳開的又是哪本近似辭典上新收錄的玩笑啊？我敢打賭大英百科全書上根本沒那條。還有，我的玻璃心早就滿目瘡痍了。

「讓他們看看SOS團出品的餘興節目吧！不對，這已經能說是重點表演了。我們一定要做出一個讓所有人捧腹笑倒，能帶來世界和平的空前嶄新超級娛樂鉅作！」

春日大展壓縮了金牛座昴宿星團的笑靨——

張開能一口氣喝乾紅海的闊嘴——

高聲宣告：

「所以，戰備會議現在正式開始！」

後記

我是谷川流，抱歉讓各位久等了。

首先，請先讓我對《分裂》後的一大段空白致上深切的歉意。

明明是前作的直接續集，怎麼會拖了那麼久？對於如此一個時間上的事實，我實在責無旁貸，除了抱歉還是抱歉。

因我而深受各種難言之擾的出版相關人員，特別是為本系列作畫的いとうのいぢ老師，以及書店各位店員大哥大姊，請聽我大聲說一句：

非常對不起────！

而我最最最對不起的，就是對拙作不離不棄、苦等多時的各位讀者，請接受我用腦內電波發訊器最強功率全方位廣播的千百億個謝意。儘管無憑無據，但我相信能成功接收到的人，身邊一定會有「小幸福」降臨的。

再來，我也要對代替作者向各位賠不是的春日磕頭下跪，希望捱個幾拳就能換得她的原諒。

本作《涼宮春日的驚愕》前．後集完全是《分裂》的續集。倘若各位讀者已將《分裂》的劇情忘得一乾二淨，請容我在此誠惶誠恐地懇請各位重新稍微瀏覽一遍再垂青本書，先在此謝過各位了。哎，其實各位也不必那麼麻煩，不過各位若真肯那麼做，我必會感動得嗚咽涕零。當然，那一點兒強制性也沒有，敬請自行斟酌。

那麼，究竟為何會拖得這麼久呢？老實說，完全沒有特殊理由，單純到我自己都頭大。只能說是突然間沒來由地下不了筆，拖到連正常生活都有些拮据，還有不少人會不時關心起原因幾句，但是我真的毫無頭緒。既然連自己都不明白，要向他人解釋更是難如登天。

到了這步田地，再多說什麼都只是藉口罷了。就像寫稿專用的個人電腦前兆全無地連發死亡藍幕，讓心血一次次泡湯；被詭異的惡夢弄得一整天精神不濟；驚覺買了數位電視後只看得到類比訊號節目之類的——

看吧，果然都是藉口。人類最拿手的就是找藉口，只不過如果夠搞笑，還能當作茶餘飯後的話題就是了。

若要說個極端一點的推測，就是「惰性」這樣一項充滿脊髓的個人特質，在我目前人生中剛好發揮到了頂點的緣故，而這也是最有可能的原因。

回想起來，我這大半輩子沒半項說出來絕對會受人誇讚的事蹟，有的只是一想起來就會丟臉到當場窒息昏倒的愚蠢回憶。想不到我竟然能壓抑住找面水泥牆把頭撞個稀爛的衝動，真是佩服我自己。其實只是沒那個膽吧？

好了，污染各位耳朵的辯解就到這裡為止。即使有些唐突，請各位讓我在此講幾句古。距今數年前，我很榮幸地以一位小說家的身分出道了。正確月份我一直記不清楚，就一般而言、感覺而言，好像是二〇〇三年六月十日吧，應該和正確日期相差不遠。當時給角川Ｓｎｅａｋｅｒ文庫編輯部和電擊文庫編輯部諸位大德添了不少麻煩，我到現在還是很放在心上，這輩子都忘不了吧。只要一想到，撞牆的欲望又會高漲起來。

多虧了那件事，當時的我幾乎無法想像自己的小說能夠上市，更在《涼宮春日的憂鬱》和《逃離學校！①》出版時陷入各種騎虎難下的事態，不過那樣子其實也沒那麼糟。我想，那段日子應該是我人生中最勤奮的一段時間吧。

我充分享受了拿出極限產能發憤圖強的感覺，而這種感覺應該也影響到了撰寫《涼宮春日的消失》的靈感以及其後帶著四溢的創作慾一氣呵成地完稿的衝勁，使我相信在不知前景是否樂觀時，大膽向前衝通常會是最好的選擇。

說到《消失》，各位看過電影版動畫了嗎？

很抱歉讓以京都動畫公司為首的全體電影製作相關人員，遭逢各種難以言表的操勞和困擾，請接受我頭頂一噸重物的深深一鞠躬。能見到拙作在《憂鬱》播映結束多年後再度動畫化，使我整顆心都是謝意和溫情，真是感激不盡。我敢說這世上不會再有更令我感到幸福的動畫化企劃了，還請各位接受如此沒用的原作者獻上的無盡謝意。

雖然我是個意志薄弱、朽木不可雕的小角色，只要我的作品能帶給各位讀者一絲絲樂趣，那便是我無上的幸福。

從今以後，我想我仍不會放棄當個老寫些怪題材的怪人。我在此祈求各位能繼續陪我走下去，也希望有朝一日能填補自己天生的人格缺陷，同時在此替這篇後記收筆。

那麼，就讓我們在某年某月某地某某有的沒的場合中再次相見吧。

感謝各位！

Kadokawa Light Novels

大小姐×執事 1~8 待續

Kadokawa Fantastic Novels

作者：上月司　插畫：むにゅう

陷入憂愁的大小姐槓上爭奇鬥豔的大小姐？
明爭暗鬥的秋晴爭奪戰熱鬧進行中！

在傳統名校．白麗陵學院內，理事長突發奇想，決定要辦一場選美比賽!!毫不例外地，秋晴又被捲入這場根本不該出現在名校的活動，擔任比賽的評審工作。朋美跟瑟妮亞當然也參加了比賽，這下子秋晴究竟該選擇哪一邊呢……？

各 **NT$180/HK$50**

台湾角川

Kadokawa Light Novels

碧陽學園學生會議事錄7

學生會的七光 1~7 待續

Kadokawa Fantastic Novels

作者：葵せきな　插畫：狗神煌

新型態的閒聊小說第七彈!!
熱賣四〇〇萬部、改編動畫、漫畫、遊戲！

目標是組成個人專屬後宮的學生會副會長．杉崎鍵來到這個有四名美少女坐鎮的聖域，開口的第一句話就是：「我喜歡妳們，超級喜歡的。大家都和我交往吧，我一定會讓妳們幸福。」就此註定他在學生會辦公室裡的悲慘命運……？

各 **NT$180~200/HK$50~55**

台湾角川

Kadokawa Light Novels

惡魔同盟 1~10 待續

Kadokawa Fantastic Novels

作者：うえお久光　插畫：藤田 香

提倡「王國」假說的男人
吸血鬼「The One」終於來訪！

為了準備升學考試，綾造訪了小鳥遊恕宇的家。兩人獨處的房間裡，似乎開始醞釀出某種微妙的氣氛。另一方面，舞原依花為了解開有關惡魔盟友的一切謎團，甘願冒著危險叫出了對策小組的組長、同時也是提倡「王國」假說的男人「The One」！

台湾角川

各NT$170~250/HK$45~70

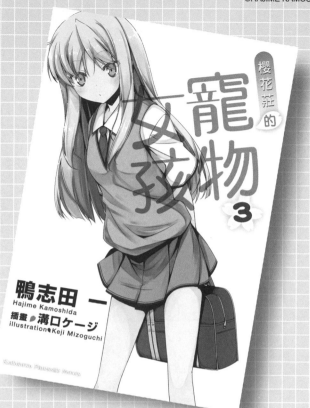

Kadokawa Light Novels

©HITOMA IRUMA 2009

說謊的男孩與壞掉的女孩 1~7、i 待續

Kadokawa Fantastic Novels

作者：入間人間　插畫：左

「一直以來，只要一想起以前，腦袋就會變得像深夜電視機般滿是雜訊。這是如何度過的呢？」

這是，我還沒有成為「我」之前的故事。在我的家庭裡發生了那麼熱鬧的事件後，我邂逅了許多人。本集將為各位獻上大家（尤其是麻由）齊聚一堂的天真無邪身影。……哎呀，以前的我還真是個誠實的好孩子呢。騙你的啦……

台湾角川

各 **NT$180~220/HK$50~60**

國家圖書館出版品預行編目資料

涼宮春日的驚愕 / 谷川流作；吳松諺譯,
——初版.——臺北市：臺灣國際角川, 2011.05
冊；公分——(Kadokawa fantastic novels)

譯自：涼宮ハルヒの驚愕
ISBN 978-986-287-159-1（前集：平裝）. --
ISBN 978-986-287-160-7（後集：平裝）. --

861.57 96013132

Kadokawa
Fantastic
Novels

涼宮春日的驚愕（後集）

（原著名：涼宮ハルヒの驚愕（後））

2011年5月25日　初版第1刷發行
2023年12月15日　初版第3刷發行

作　　者：谷川流
插　　畫：いとうのいぢ
譯　　者：吳松諺

發 行 人：台灣角川股份有限公司
總 監：呂慧君
總 編 輯：蔡佩芬
主　　編：林秀儒
編　　輯：黎夢萍
設計指導：陳晞叡
美術設計：莊捷寧
印　　務：李明修（主任）、張加恩（主任）、張凱棋

發 行 所：台灣角川股份有限公司
地　　址：104台北市中山區松江路223號3樓
電　　話：（02）2515-3000
傳　　真：（02）2515-0033
網　　址：www.kadokawa.com.tw
劃撥帳戶：台灣角川股份有限公司
劃撥帳號：19487412
法律顧問：有澤法律事務所
製　　版：巨茂科技印刷有限公司
ＩＳＢＮ：978-986-287-160-7